償いの流儀
神護かずみ
Jingo Kazumi
講談社

償いの流儀

装幀　泉沢光雄
装画　wataboku

あっ、もしもし、オレだけど。

ああ、うん、いや、あんまり元気じゃあ。

じつはオレ、ちょっとまずいことやっちゃって……。

一章

1

「おばちゃん、元気にしてる？」

道すがら考えた台詞《せりふ》をいざ口にして——、自分に呆れた。いくら口下手《くちべた》とはいえ、もう少し気の利いた言葉があるだろう。

「あら奈美《なみ》さん、いらっしゃい」

タバコを並べたカウンター奥、丸椅子に座る久子《ひさこ》はわたしに顔を向けて微笑《ほほえ》んだが、持ち前の快活さは影をひそめている。それには気づかない振りで、キャッシュトレーに千円札を置いた。

「ケントのスーパースリムを二箱、お願いね」

大久保の入り組んだ小路、南向きの角地に建つこのタバコ屋は、半世紀以上も街を眺めてきた歴史を持つ。屋号を角屋《かどや》。昔のことは知らないが、今は七十代後半の上井《かみい》久子が一人で、いや、猫のコハクとともに店を守っている。

八帖ばかりの細長い店で幅を利かせているのは主力のタバコ。国産品、海外品はもちろん、近頃流行の電子タバコも取り揃えている。奥に冷蔵ケースの飲料類。中央の棚にはパンとカップ麵、チョコや飴、ポテトチップスといった菓子類が少し。窓側のマガジンスタンドには週刊誌やスポーツ新聞がぽつぽつ。ところ狭しと商品を陳列するコンビニに比べれば、スカスカな品揃えでしかない。

近隣にはコンビニが乱立し、タバコへの風当たりも年々強くなり、かつての売上は望めないだろうが、店の軒先、自販機前に置かれた灰皿スタンドを囲む人々の姿は、この街の風景のひとつだ。

だが、「いつもありがとね」と告げる久子は、このところ明らかにやつれていた。

「十月もそろそろ終わり。平成もあと半年ほどね」

タバコと釣り銭を受け取りながら言葉を探したが、そんな台詞しか出てこない。

秋の穏やかな正午前。灰皿スタンドの前で、時間潰しと思しき若いサラリーマンがスマホを眺め眺めタバコを吸っている。

「そうね。これも、時代の区切りなのかねえ」

そんなつもりの言葉じゃない。少し慌てて久子に視線を向けた。白髪のショートに細いフレームの眼鏡。その奥の目が弱々しい。

「平成が終わったところで、店を畳もうかな」

「ダメよ。ここで買うタバコが美味しいんだから」

思わず返すと、久子はわずかに頬を緩めた。

「どこで買ってもタバコは同じだよ。でも、ありがとね。こんな歳になるまでやってこられたのも、そう言ってくれるお客さんあってのことだよ」

久子は膝でまどろむコハクをカウンターに乗せると、大儀そうに立ち上がった。少し腰を反《そ》らせてから、年季の入ったエプロンを叩《はた》く。コハクも前脚を真っ直ぐに揃えて伸びをし、それから毛繕《けづくろ》いを始めた。黒い毛並みが艶やかな彼女は野良猫で、いつの頃からか店に居ついている。

タバコを吸い終えたサラリーマンが、「じゃあ、コハク、角《カド》のおばちゃん」と店を覗いて声をかけてから、駅のほうに歩き始める。

「頑張るんだよ」久子は笑顔で応えてから、思い出したように小さくため息をついた。

半月ほど前、新聞の地域面に小さな記事が載った。

大久保で特殊詐欺被害

新宿署は九日、新宿区百人町に住む七十代の女性が現金を騙し取られる被害に遭ったと発表した。同署によると、息子を装った男から女性に「社債取引の詐欺に引っかかった。弁護士に相談したところ、取り戻すには二百五十万円が必要だ」と電話があった。女性は、やってきた法律事務所のスタッフを名乗る男に二百五十万円を手渡したが、のちに詐欺であることが判明。警察は、現金を受け取りに現れた男の行方を追っている。

被害に遭った七十代女性というのが、上井久子だった。

新聞は概略を伝えたのみだが、久子がぽつぽつと語った詳細はこういうことだ。

離れて暮らす息子を名乗る男から「社債の取引詐欺に引っかかり、預けた一千万円が無駄になりそうだ」と連絡が入った。タバコや飲料をコツコツ売って生計を立ててきた彼女は、お金は汗水垂らして稼ぐものだ、どうしてそんな取引に手を出したのだと息子を叱りつけた。それに対して、息子を名乗る男は涙ながらに「儲けた金で、母さんに楽をさせてあげたかったんだ。いつまでもタバコ屋を続けるのはきついだろう」と語った。

さも自分を思いやるような言葉に胸を打たれ、久子は筋書きに乗ってしまった。

「今からでもなんとかならないのかい。警察には行ったの?」「弁護士に相談している。手続き費用やなんやらで二百五十万円あれば取り戻せそうなんだ。でも、もう手元にお金はないから……」「あんた、それでお金が戻ってくるなら、二百五十万円の損ですむ話じゃない。母さんなんとかするから」

久子の言葉に、息子を騙《かた》る男は電話口でありがとうと号泣し、こう告げた。「じゃあ、今日の午後に法律事務所の木島《きじま》さんが行くようにするから、渡してくれる？」

冷静に聞けば、おかしな話だ。二百五十万円で取り戻せるが諦める、としながらわざわざ電話をかけてきたこと。その場で法律事務所の受取人の名を告げたこと。

実情を知らない者はどうして見え見えの話に騙されるのだと眉をひそめるが、この手の被害があとを断たないのは、仕掛ける側が上手《うわて》ということ。男が語ったタバコ屋という具体的な内容も、下調べをしたか、会話のなかでそれとなく聞き出しているはず。連中は数々のノウハウを持ち、不安を煽り冷静な判断力を奪い、罪もない弱者を追い込んでいく。

銀行のＡＴＭで一日に引き落とせる限度額は五十万円だが、古くから街で商売を続ける久子の顔の広さと人の良さが、今回ばかりは裏目に出た。都市銀行、地方銀行、ゆうちょ銀行と、拝み倒されるがまま複数の口座を契約し万遍なく預金を振り分けていた彼女は、手元の現金とあわせ二百五十万円をすぐさま用意した。

蓄えを持っていかれた悔しさは当然ながら、それにも増して彼女を気落ちさせたのが、受け子——現金を受け取りにきた若い男性の存在だった。地味なスーツ姿の男は動揺する久子に優しい言葉をかけ、励まし、任せてくださいと微笑み、金を受け取っていった。

「あれから、なんだか心が萎《な》えてさ。まあ、結局はあたしに、人を見る目がないんだろうね。

あの子も、タバコを買って吸っていく、さっきみたいなふつうの若い人にしか見えなかったんだよ。ああ、いい子だな、って思ったんだ」

受け子の印象はともかく、久子は肝心の顔をはっきりと覚えていない。客商売の長い彼女からは考えられない話だが、気が動転していた。つまり、詐欺グループの術中に嵌まっていたわけだ。

ただひとつ特徴として警察に告げ、ニュースでも紹介されたのは、受け子の唇の右下にある大きなホクロだった。男も自覚して化粧で隠そうとしていたようだが、その日は十月上旬とはいえ夏日、加えて緊張もあったのだろう、汗でメイクが剝がれかけ逆に目立っていた。

小柄で痩せた男の姿は街の防犯カメラが捉え、新大久保駅の改札を通ったところまでは分かっている。画質の粗《あら》い映像は特殊詐欺の容疑者としてニュースでも流れた。顔の造作までは判別できないが、紺のスーツに黒っぽいビジネスバッグという格好は、若いビジネスマンの見本のようだった。

街にはさまざまなカメラの目がある。交通機関であればなおさらだ。録画映像から重大事件の容疑者を辿り、逮捕に至った例も聞く。リレー方式と呼ばれる捜査法だが、コンピュータが自動的にターゲットを追跡してくれるわけではなく、モニターと首っ引きで人の目で探さねばならない。警察も受け子一人を追うために、そこまでの人的コストは払えないのだろう。特殊詐欺の発生数は年間一万五千件を超え、被害総額はざっと四百億円。一件で一億円を超える被害もある。それからすれば久子の件は、警察の優先順位も低い。

ただ、騙された側からすれば、一万五千分の一という数字の世界ではない。一件の詐欺行為が被害者の人生を狂わせ、周りの人たちも傷つける。

2

ぽつぽつと、久子と話をした。

いつもならこちらのひと言にいくつも言葉が返ってくるのだが、それも途切れがちだ。沈黙を持てあまして、コハクの頭をそっと撫でる。コハクは名前の由来となった琥珀《こはく》色の目を細め、にい、と小さく鳴いた。

またくるわね、と久子とコハクに告げて店を出た。結局、わたしがしてあげられるのはこの程度。ため息をひとつ、タバコを手に雑然とした通りを歩いた。

新宿区大久保。韓国、中国、ネパール、インド、ベトナム……、さまざまな人種と文化が入り交じる街。

今年は例年に比べ気温が高めに推移するそうだが、それでも朝晩は肌寒さを覚える。十月末の大久保にも、そろそろ秋の気配が訪れていた。舞い始めた落ち葉。弱くなっていく日差し。そういったものが奏でるメランコリーが過《よ》ぎっていく。ただ、秋がもたらすのは、どこか甘さを伴う憂鬱《ゆううつ》。久子の件を別にしても、わたしは、メランコリーとはほど遠い重苦しさを抱いていた。

今年の梅雨頃、わたしは、大切にしていた人を喪った。姫野雪江《ひめのゆきえ》、そして原田哲《はらださとる》。結果として、自分の人生のステージが変わったことは理解している。

十年近く暮らした雑居ビルの一室も、安らげる場所ではない。殺風景なダイニングの壁に残る、赤、青、黒のマジック痕。梅雨の頃、あの壁に貼った無数の付箋。悪魔のバタフライの痕跡。けじめをつけたつもりだったが、実際には揺れる心を未だに抑えられずにいる。

環境を変えるべきだろうか。でもこの地を離れがたい。

なにも決められず変えられず、わたしは、流れゆく日々の傍観者と化していた。

大久保通りを歩き、ランチタイムの看板がかかる店のドアを押した。手のタバコに目を留めたアジア系の店員が、片言の日本語で喫煙席かと訊いてくる。禁煙席がいいと応じると、怪訝《けげん》な顔をされた。

国籍不明の音楽が流れるなか、スパイスの利いたエスニック料理を味わってから、タバコに伸ばしかけた手を止めた。いいことか悪いことか、このところ食事が美味しい。気をつけながらも、つい食べすぎてしまう。午後はまたトレーニングでカロリーを燃やすことにして店を出た。

大久保駅の手前を左に折れて、雑居ビルに続く路地を進む。幅三メートルほどの私道は袋小路で、二十メートルほど先で行き止まる。ここに入ってきたところでわたしが住む雑居ビル『メゾン・ヒラタ』しかない。住人や関係者、ビルの駐車スペースに入出庫する車が稀《まれ》に通る程度だ。突き当たりには高さ五メートル近い中央・総武線の高架が走り、朝から晩まで電車が行き交っている。

駐車スペースの手前に立ち、竹箒《たけぼうき》を手に落ち葉を掃く老人の姿があった。紺のチノパンにグレーの作業着の老人はわたしに気づくと、ふくよかな顔に笑みを浮かべ、ああどうもと会釈をした。

「お掃除ご苦労さまです」

挨拶代わりの声をかけると、

「いやなに、管理人室でぼうっとしているのも退屈でね。七十歳を超えると、これだっていい運動ですよ」

平田《ひらた》は少し掠れた声を返し、箒の手を休めた。

五年近く管理人を務めた男性が体調不良を理由に、今年の七月で辞めた。採用にどんな条件があるのか、思うような後釜が見つからず、月曜から金曜の日中はビルのオーナー平田自らが管理人室につめていた。

「まだ、新しい管理人さんは見つからないんですか」

「ダメだね。シルバー枠の管理人を派遣してくれる会社はあるんだけど、そういうところを通すと高くついてね。かといってこればっかりは外国人に任せるのも難しいだろうし。まあ、管理人室にいればかみさんにあれこれ言われないし、労使交渉の結果、管理人に払っていた給料の六割をお小遣いとしてもらうようになったから」

ビルから出てきた中年男性が、駐車スペースに置かれた車に乗り込んだ。エンジンのかかる音に、わたしと平田は建物の陰に移動した。男性はゆっくりと車をスタートさせて、わたしたちに軽く手を上げ大久保通りへ出ていった。

「六階の広告代理店の社員ですよ。週に三回ほどは昼からああやって外回りのようですね。管理人室に入るようになって初めて分かったんだけど、こうやって居住者の把握もそれなりにできるから、これはこれで、うん、いいことですよ」

半ば自分を納得させるように、平田はメリットを並べ挙げる。ビル名の頭についたメゾンこそ洒落《しゃれ》た響きだが、実際は昭和の遺物のような建物。入居しているのは小さな会社やわたしのように得体の知れない者たち。それでも妙な入居者で荒れずに清潔感が保たれているのには、平田なりの目利きがあるのだろう。ふと浮かんだことを訊いてみた。

「今、空いている部屋ってあります？」

「おかげさまで今のところ満室でね。でも西澤《にしざわ》さん、どうしてまた？」

「できれば今とは別の部屋に、仕事用のオフィスを持ちたいと」

気分を変えるため別室に住み直すというのもどうかと、そんな言い方を選んだ。

「デイ・トレーダーでオフィスを？」

平田には自分の職業をそう告げている。

「生活空間で仕事をしていると、なんだかメリハリがなくて」

そんなものですか、と平田は疑いもなく頷いた。

「もし誰かが退去するような話が出た時には、お声がけしますよ。こちらとしてもありがたい話で。いやね、まったくの新規入居となると、審査やらあれこれ面倒――」

その時、傍を男が横切った。

私道から陰になったわたしたちには気づいていなかったのだろう、男は少し驚いたようで、小さく会釈をして駐車スペースの奥へ逃げるように歩いていく。

グレーのスーツで年齢は三十ほど。垣間見《かいまみ》えた横顔に覚えはない。ホカ弁を入れたビニール袋を両手に提げている。膨らみようからして、十人分ほどはありそうだ。怪我でもしているのか、気持ち左足を引きずるような男は、建物の陰に消えた。

平田がなにやら呟き、しかしそれはビル際の高架を走る中央線快速電車の走行音にかき消された。電車が遠ざかるのを待って、平田は口を開いた。

「まただ。いやになるなあ……」

線路の高架に沿って、メゾン・ヒラタ、倉田《くらた》ビル、百人町ビルと、ほぼ同時期に建てられ雰囲気も似たビルが三棟並んでいる。おのおのが袋小路の奥に建ち、往き来にはいったん大久保通りまで出なければならないのだが、じつは高架とビルのあいだに人ひとりがようやく通れるほどのスペースが続いている。

「あの男、うちのビルの人じゃないんだ。このあいだもそこを通っていったんですよ」

平田が言うには、ビルが袋小路に建つため、万一の火災の際などの避難路として柵は設けていない。ただ、ビルのオーナー三者の話しあいで非常時以外は通行禁止にしている。

「ケチ臭いようだけれど、いっとき大目に見ていたら関係ない人まで通り始めてゴミが捨てられるようになって、そのうち古いテレビとか冷蔵庫とか不法投棄が始まったんですよ。そんなものにあそこを塞がれたら、それこそ万一の時に使えなくなるんでね」

平田の言う万一とは意味あいが異なるが、なにかあった際の逃げ道として、そのスペースの存在は理解していた。ただ、道路としての体裁を整えているわけではないので、歩きやすさはない。ふだん、あえて通ろうとは思わないところだ。

久々に、覗いてみた。

高架と建物のあいだに、幅一メートルにも満たない隙間が伸びている。ひび割れたアスファルトからところどころ雑草が覗き、ビニール袋や空き缶が転がっている。高架の壁に、通行禁止、ゴミ捨て禁止の古びたペンキ文字があった。

部屋に戻り、買ってきたタバコをゴミ箱に捨てた。

思うところがあってタバコを止めた矢先、久子が詐欺被害に遭った。禁煙からそろそろひと月になる今も、タバコのパッケージが視界に入ると苛つく。帰宅とともにゴミ箱に直行するタバコは勿体ないが、久子とのコミュニケーション代だと割りきっている。

トレーニングウェアに着替え、奥の部屋に作ったトレーニングルームで二時間ほど汗を流した。禁煙からくるイライラの発散に無職ゆえの時間潰しも手伝い、このところトレーニング量が増えた。ニコチンの離脱症状は長くとも三週間。すでにタバコへの渇望感は薄れた。ただ、胸に巣くう苛立ちは薄れない。高負荷のトレーニングは避けて筋肥大を抑えているつもりだが筋肉は張りつめ、適当なところに留めないと、そろそろ衣服を買い直す羽目にもなりかねなかった。

シャワーを浴びたあと、ユーチューブのオールディーズに包まれ、だらしなく寝落ちした。それもこのところの日課だ。このビルは線路の際にある分、壁が頑丈にできている。かなりのボリュームで鳴らしたところで、隣や外にさほど漏れもしない。

目を開けると、夕刻だった。

夏頃に買い換えたスマホにメールが届いていた。電話番号もメールアドレスも変えた今、さほど連絡は入らない。ダイレクトメールの類いかと検《あらた》めると、博多に向かった黄慶汰《ファンキョンテ》だった。彼が講師を務める大久保のコンピュータ専門学校が博多校を開設するとかで、応援に駆り出されたのがひと月前。今年いっぱいは向こうに行きっぱなしという予定に不安がっていたが、文面からすると元気でやっているようだ。

簡単にレスを返した。スマホを握ったまま、ぼんやりした。

しんとした部屋。

虚ろな部屋。

数少ない登録先をタップして電話をかけた。

「今日はマユ、出勤してます？」

そこまで口にした時、思い出した。

電話の声は案の定、マユは昨日から日曜まで休みを取っていると告げた。

ほかのエステティシャンはいかがでしょうと言われたが、断り、電話を切った。

ダイニングテーブルに向かった。あれこれ置いた山を引っかき回す。探し出したチケットを手にしばらく考え、渋谷に向かった。


渋谷区道玄坂にある、オールスタンディングのライブハウス。存在は知っていたが、こういう場所でやる音楽に興味はなく、触れる機会もないと思っていた。

開演二十分前、六百人ほどを収容するフロアは、すでに客で埋め尽くされている。二十代が中心だろう。ストリート系とかB系と呼ばれる服装が多い。ライブ前のBGMはヒップホップ、わたしにはどれも同じ曲のようにしか聞こえないジャンルだ。自分のカテゴリーとは異なる文化に、気まぐれを起こしてやってきたことを少し後悔した。

——行けるかどうかは分からないけど。

そう断りを入れ、マユから買ったチケットだった。買った時点で義理は果たしている。

入場時に渡されたドリンクチケットをビールに換え、後方の壁にもたれて開演を待った。チケットに印字されていたグループ名は、今も頭のなかにない。ただ、それなりのハコで二日連続してライブを行うのだから、その世界では名が知れているのだろう。

定刻から十分ほど遅れ、フロアが暗転し、ライブが始まった。巨大なスピーカーから音と振動が襲いかかる。目眩ましのようにライトが回転し、点滅を繰り返す。黒い塊と化した客が一斉に縦に揺れる。赤やパープルの光が交錯するなか、ストリート系のカタログのような男が二人、女が一人、マイクを手に現れ、派手な身振りで客を煽り、歌い始めた。

バックで演奏するミュージシャンはいない。そもそものトラックが打ち込みで、わざわざ生演奏の必要もないのだろう。ただ、広いステージに三人では、照明の派手な演出を加えてもどこか寂しく見える。

耳慣れない音楽と、英語混じりのMC。なんだか落ち着かないなか、三曲目になって五人編成のダンサーが登場した。するとステージに感じていた隙間が埋まり、華やかさが増した。バックアップダンサー。マユから聞いていた言葉の意味あいがなんとなく理解できた。

パープルのトップスとショートパンツ。皆同じ衣装だが、左から二人目がマユだ。

彼女が踊る姿を見るのは初めてだった。

鋭い切れ味で繰り広げられるパフォーマンス。真剣な眼差しと笑顔。いつもの、どこか物憂げな彼女とは別人のようだ。

耳慣れない音楽が、いつしか意識から遠ざかっていく。

わたしは、マユだけを見続ける。

激しいステップ。指の先まで意識を通わせたアクション。

彼女の息づかいが聞こえるようだった。

あの娘は、この一瞬のために生きているんだ。

そんな理解が浮かんでいく。

じゃあ、わたしはなんのために生きているのだろう。

わたしの心は沈黙し、答えはやってこない。

フロアを揺らす音。闇をかき乱す光。ステージと客席がひとつになっている。わたしだけが、取り残されている。

ライブハウスをあとにした。

3

翌週、また弁当男を見かけた。

それも仕事なのか、今日も弁当を入れた袋を手に歩いている。反対側の歩道にいるわたしには気づかず、メゾン・ヒラタから二本先、百人町ビルに向かう袋小路に消えていった。

昼食ののち、スーパーで缶ビールの六本パックを四セットまとめ買いした。ビールを入れたレジ袋を両手に提げる。片手に四キロ強だが、このところのトレーニングの成果か、さしたる重さにも感じない。雑居ビルに向かう角を曲がると、平田がまたせっせと箒を動かしている。その姿に足が止まった。

両手にビールという姿は見られたくはないが、踵《きびす》を返すほどでもない。小さなため息をひとつ吐《つ》いて進んでいくと、箒の手を止めた平田がにやりとした。ゴミの日に出すビールの空き缶とウイスキーの空ボトルを、平田には把握されている。これで廃棄場面のみならず、補充の現場も見られたわけだ。

「重そうですね」

「ええ、まあ……。なんだかこのあいだの弁当男みたい。そういえばあの人、さっきも弁当持って歩いてましたよ」

話を逸《そ》らす狙いで言ってみると、平田は変なふうに食いついてきた。

「あの男、つい最近隣の倉田さんのところに入った会社の社員のようだね」

だがさっきは、もうひとつ向こうの百人町ビルに通じる路を曲がっていったはずだが。

「脇道を通らないように注意してって倉田さんにお願いしたんだけど、逆にあれこれ愚痴を聞かされて」

大変ですね、と返してすり抜けようと思ったのだが平田の口は止まらず、つきあわされる羽目になった。

「扉のシリンダー錠をつけ換えたい、廊下に防犯カメラを取りつけたい、廊下に面したサッシを二重窓にしたいと、あれこれうるさいようでね」

隣の倉田ビルがどんな作りかは知らないが、

「あそこは、そんなに外の音が入り込むんですか？」

すると平田は、うーんと首をかしげた。

「うちと同じくらいだと思うけどね。ただうちの廊下側の窓は嵌《は》め殺《ごろ》しで小さいけれど、あちらはふつうのサッシだから、やっぱり違いはあるのかなあ。まあ、あまりにも神経質な要求をされるんで、倉田さんも気になって観察し始めたらしいんだ。すると、昼間も窓にカーテンを引いたままで、若い連中がずっと閉じこもっている。外に一歩出れば安くて若い人好みの店がいろいろあるのに、お昼だって人目を避けるかのように弁当でしょう。それで、わたしはピンときてね」

平田は少し、声をひそめた。

「ほら、このところ世間を騒がせているオレオレ詐欺。あれをやっているんじゃないかと」

わたしは、手のレジ袋を地面にそっと置いた。

「あの連中は、かけ子という専門部隊を持っていて、朝から晩まで騙しの電話をかけまくるんですよ」

平田の説明を初耳のように装ったが、久子の一件があってオレオレ詐欺のおおよそは調べ、理解していた。

オレオレ詐欺のかけ子は箱とか支店と呼ばれる単位で固まり、平田の言うように一日中、電話をかけ続けるらしい。

かけ子には、御法度九箇条というものがある。

――酒。薬。女。博打。ケンカ。他業。服装。家族。銀行。

いずれも詐欺の事実が外部に漏れるリスクを挙げたものだ。これはお題目に留まらず、あの手この手で厳守の徹底が図られる。そういった用心深さに、組織立ったかけ子が馬脚を現して逮捕に至った例は少ない。

「なんだか、ちょっと怪しいと思わない？　だから少し調べてやろうかと思っていてね。これでもわたし探偵ものが好きで、二時間ドラマは必ず――」

「怪しいのは、なんという会社なんです？」

「はいはい、ちゃんと聞いてきましたよ」

平田は尻ポケットから手帳を取り出すと、指を舐めて頁《ページ》をめくった。

「ええと、これこれ。部屋は三〇五号室。株式会社ＭＴＭプランニング。代表者、沼井次郎《ぬまいじろう》。入居は九月末。ここに事務所を借りて起業するということで、入居前書類に会社の登記簿謄本と決算報告書の添付はなし。事業計画書、沼井個人の経歴書、連帯保証人は滞りなく用意されていた。事業内容は、ネットによる輸出入の仲介」

平田の几帳面な字で綴られた社名のスペルと代表者名の漢字を、さりげなく確認した。

「さすが名探偵、詳しく聞いてきましたね」

そう持ち上げると平田は、満更でもなさそうな笑みを浮かべた。

「でも、もし平田さんの思う通りだったら、ああいう連中には暴力団がついているらしいじゃないですか。探偵、気をつけてくださいね」

人生、軽い気持ちで手を出した火遊びで、思わぬ怪我を負う場合がある。応援するようでいながらリスクを匂わせて、レジ袋を手にした。

「じゃあ、失礼します」

目が覚めたように不安顔となった平田を視線の隅で確認し、エレベーターに向かった。

4

部屋に戻り、タバコ代わりに淹れた濃いコーヒーを口に運びながら、パソコンで株式会社ＭＴＭプランニングを検索した。すると、

〝株式会社ＭＴＭプランニング〟に順番も含め完全に一致するウェブページは見つかりませんでした。

その文言が、検索サイト上部に表示された。ＭＴＭの名を持つ会社は複数存在したが、大久保にオフィスを持つところはない。続いて国税庁法人番号公表サイトにアクセスしてＭＴＭプランニングを検索したが、ヒットしなかった。

このサイトには『設立登記完了後一週間程度で、当サイトに掲載します』とある。十月にオフィスを構えたなら、そろそろひと月。未だに登記情報が公表されていないことには違和感を覚える。代表者の沼井次郎にしてもウェブサイト、ＳＮＳともに空振りだった。

神経質なまでのセキュリティ意識。十人近い人間が部屋にこもり、昼食も弁当ですませる。運び役の弁当男が建物に戻る路を変えているのは、周りの目を警戒しているつもり。考えあわせていくと、実体のない会社を隠れ蓑に良からぬ行いに手を染めている可能性が浮かんでく

る。平田の推理とやらも、あながち的外れではないのかもしれない。

夜を待って外出し、適当な店でアルコールと食事を取った。

平日の夜とはいえ、仲間連れやカップルで店は賑わっている。彼らに背を向けカウンター席で、適当な食事に、生ビールの中ジョッキとワイルドターキーのストレート。嗜む程度の量を過ごした時には午後十時に近かった。タバコを挟まず、これだけ時間を潰せるのは小さな進歩だ。独りスマホを眺めたり、なにか考えたり、なにも考えなかったり。そんな女を周りがどう見ているかも、気にはならない。

やる、やらない。やる、やらない……。

今夜は、その言葉が巡っている。

オレオレ詐欺への嫌悪感はある。ただ、弁当男たちが詐欺グループであったところで、わたしには関係ない。

やらない……。

久子の、落ち込んだ顔が浮かぶ。

彼女のように罪もないのに騙され、悲嘆に暮れる人たちがいる。そういう人たちを、弁当男たちが生んでいるかもしれない。

やる……。

ただ、正義の鉄槌《てっつい》のようなものを振りかざして、なんになる。

わたしは、そういう人間じゃあない。

やらない……。

でも。

堂々巡りに嫌気が差し、伝票を摑んでカウンターを離れた時に閃いた。会計の合計末尾が偶数なら、部屋に戻って眠る。奇数なら……。

フィリピン系の男性店員がレジのキーを叩く。わたしは、こちらを向いたディスプレイをぼんやり眺める。

「オ会計ハ――」

合計金額末尾の『7』が、目に飛び込んできた。


片言のアリガトウゴザイマシタの声に送られて店を出た。メゾン・ヒラタを素通りして、大久保駅の改札を抜けた。人もまばらなホームに上がり、メゾン・ヒラタの右隣に建つ倉田ビルの雰囲気を摑んだ。

各部屋に向かう外廊下はメゾン・ヒラタと同じくホームから丸見えだ。ただこちらは五部屋ある。エレベーターと階段は左側。ベンチに腰を降ろして十分ほど眺めたが、この時間、見える範囲で人の出入りはない。

部屋へ戻ったのは午後十一時。黒のパンツスーツとジャケットを脱ぎ捨てて、シャツを数枚着込み、上下黒のスエットをつけた。体型をうまく隠せているのを鏡で確かめて、黒い目出し帽を手に階段で下へ降りる。ビルと高架のあいだのスペースを歩き、倉田ビルに至った。住人と鉢あわせしないように気を配りながら、こちらも階段で三階に向かう。

目出し帽を被《かぶ》って、大久保駅のホームから丸見えの外廊下を、背を屈めて進んだ。手前の部屋のノブを握って回す振りをし、次の部屋でも同じ所作をする。この手順を踏めば、カメラが仕掛けられていた際にも空き巣狙いと思わせることができる。そんな保険のうえで、三〇五号室に近づいた。

部屋の明かりは消えている。窓の前に小さな防犯カメラが見えた。ドアノブに防犯用補助カバーが被せられ、ドア枠にはプッシュタイプの補助鍵がつけられている。どちらも時間をかければ解錠は可能だが、この用心具合では忍び込んだところでなにも得られないかもしれない。万一トラップでも踏んでしまうと、向こうのガードを固くする。

今夜のところは確認に留めて引き上げた。


翌水曜の朝、ウイッグにキャップ、ダテ眼鏡にデニムの上下という格好で大久保駅ホームのイスに酔ったふうで座り、三〇五号室に入っていく人間をカウントした。木曜、金曜と姿を変えて、同じ作業を繰り返した。

好きこのんで、ではない。奇数が出てしまったのだから仕方ない。とりあえず、観察まで。何度も自分に言い聞かせる。

ときに電車の陰になって阻まれたが、初日が九人、二日目が八人、三日目が九人。遠目ではあるが、皆、若い。地味なスーツを着用し、髪型もおとなしく染めている様子もない。

一方、弁当男は、昼前になると現れた。大久保通りには数軒弁当屋があるが、毎日異なる店を使っている。スマホのカメラに男を収めた。弁当を入れた袋を手に歩く姿は、どこにでもいる若いサラリーマンだ。ただ、できあがりを待つあいだ男はぼんやりするだけで、一度もスマホを手にしなかった。支払いも電子マネーの類いではなく現金で行い、釣り銭を受け取っている。

あの男は、スマホを持っていないのか。詐欺電話のかけ子は御法度九箇条に留まらず、私物スマホは無論、免許証、保険証、クレジットカード、その他身分を示すもの一切の仕事場への持ち込みが禁じられ、徹底のために身体検査と呼ばれる持ち物チェックまであると聞く。

セキュリティへの気の配りは用心深さの現れと好意的に解釈するにしても、架空の株式会社、一見まともそうな社員。十人近い人間が日中、閉じこもって仕事をする。ランチすら管理され、今時スマホを手にしているようでもない。

結論。やはり怪しい。

問題はここからだ。踏み出すか、留まるか。

しばらく考えたが、答えは出ない。

かけ子は、ターゲットがその場で家族に相談しにくいタイミングを狙うと聞いている。つまりは平日の日中だ。ＭＴＭプランニングも仕事になりにくい土日は作業を見あわせているはず。わたしも答えは棚上げ、少しリラックスしてから考えよう。

スマホを手にして、電話をかけた。

「マユ、出勤しています？　じゃあ、八時で。会員番号一九五四、ユキエです」

着替えをして、外に出た。時刻は午後五時すぎ。すでに陽は暮れ、ひんやりした空気がわたしを包み込む。一階に降りると、平田が管理人室のシャッターを閉めにかかっていた。

「これで、土日二日の休みですよ」

わたしを見て破顔する。

「わたしもです。一週間、お疲れさまでした。ところで例の探偵、どうなりました？」

平田は一瞬、なんの話かというようにポカンとし、それから照れくさそうに笑った。

「いえね、その気になってかみさんに話したら、危ないから止めておけ、余所さまのビルの厄介ごとに首なんか突っ込むものじゃないって、こっぴどく説教されましてね。探偵は廃業です」

それが、いい判断だろう。平田と別れ、通りに出た。

街に灯りが入り始めた大久保通りは渋滞し、歩道にも多くの人が行き交っている。

雑多な言語が飛び交うなかを新大久保駅方向に歩き始めた時、見覚えのある顔が右の路地から現れた。

弁当男だ。改めて正面から見た顔は、広い額に大きな目が特徴的だった。わたしに気づいたのか、ちらりと視線を向けてきた。

ただ、それ以上もなく、すれ違う。

新大久保駅から山手線に乗り、池袋に向かった。

5

十一月初旬の池袋は、気の早いクリスマスの装いがすでに始まっていた。

適当な店で軽く食事を取ってから、ネオンの灯る西口を歩いた。新大久保駅からわずか三駅という近くにありながら、この街にはさほど縁がなかった。猥雑な西口繁華街に向かったのは、数えるほどでしかない。ところがこのところ、ほぼ隔週のペースで足を運んでいる。

西口のメイン通りには居酒屋やバー、キャバクラがずらりと並ぶ。陽が暮れれば客引きが現れ、ぼったくりも少なくない。そんな通りを一歩奥に入ると、ソフトからハードまで、さまざまな嗜好に応えた風俗店が揃っている。その一角にある『ＬＩＬＹ＆ＣＡＴ』という女性専門マッサージ店。マユは、そこのエステティシャンだ。

ビルの二フロアを占領した店には複数のエステルームが完備され、広くはないが下手なホテルより整った作りをしている。

過去にこの手の店を利用した経験はない。ただ雪江と出会い、肌をあわせる習慣を持ったことで、温もりのない寂しさを意識するようになった。ネットで検索して試しに向かったのが『ＬＩＬＹ＆ＣＡＴ』、つまり百合《ゆり》と猫という、いかにもという名の店だった。

入会に一万円。二時間で五万円のエステ代というのはこの類いの店では高いほうに属する。

会員制という触れ込みだったが、連絡先として携帯番号を、あとは適当な名前を求められただけで会員証が発行された。名をユキエにしたことに深い意味はない。本名以外を考えた時、咄嗟に適当なものが浮かばなかっただけだ。


エステルームに入ってビールを飲んでいると、扉を三回ノックしてマユが入ってきた。明るめに染めた髪は、ベリーショート。やや気怠げな目、通った鼻筋、口角が上がりツンとした唇。美形のなかにボーイッシュさが混じりあう娘だ。

先週のライブにはきてくれたの？　と訊ねられたが、仕事で行けなかったと答えた。

「忙しいのにチケット買わせちゃって、ゴメンね」

体を寄せてきたマユに、こっちこそ悪かったねと告げた。

彼女はプロのダンサーを志し、二十歳を機に岡山から上京した。それから四年、さまざまなアルバイトをしながらレッスンを続け、オーディションに応募しては小さな仕事を手に入れている。いずれも生活基盤にはなり得ないものだ。

ダンサーの仕事で食べていけるのは、ほんのひと握り。現役として踊れるのも体力的に四十歳が限度。あとは自分でスタジオを持つか、インストラクターや振付師としてやっていくか。ただ、それで生計を立てていけるのはさらに限られた者でしかない厳しい世界だ。

オーディションで摑んだ二日間の仕事。そのギャラも、一部は定価数割引のチケットで支払われる。チケットを売り捌けなければ、その分は持ち出しになる。

シャワーを浴びたあと、マユを抱いた。

午後十時すぎ、マユと一緒に店を出た。彼女とは、時間があえば池袋で食事をして別れる。俗にいうアフターを何度か重ねていた。

ただ、外で一緒に過ごすのはアフターだけ。携帯番号もメールも教えないし訊かない。亀戸に戻る彼女とは新大久保まで同じ電車なのだが、池袋で別れ、住まいは伏せる。これをルールにしていた。

カフェバーで、アルコールにピザ、フィッシュ&チップス、セロリのピクルスを頼んだ。

わたしはあれこれ喋るほうではないし、マユも賑やかな娘ではない。時折、ボソボソと語るだけの女の二人連れ。雪江と一緒の時とはまったく違う空気。そのほうが、心も痛まない。頬杖をついてマユを眺めているなか、思いついた。

「ねえ、頭に浮かぶ数字をひとつ、言ってみて」

それが奇数なら、弁当男の一件はここで止める。

「どうしたの、急に。手品でもやるの？」

少しハスキーな声で小首をかしげたマユを、いいから言って、と急《せ》かした。

マユは考えるように目を閉じて、

「四」と唇が動いた。

「どうしてそんな不吉な数字を言うわけ？」

わたしは、眉をひそめる。

「だって、浮かんだんだもの」

四。

マユはわたしと同じように頬杖をついて、もう一度、その数字を呟いた。

6

四。

それが、答え。

週明けの月曜、弁当男を追跡した。男が店を出る前に、メゾン・ヒラタに続く私道の角に隠れた。

通りの向こうにある飲食店のウインドウに、道行く人々が辛うじて映っている。それを使ってタイミングを計り、左手のスマホを眺める振りで通りに出た。小さな悲鳴とともに弁当男に軽くぶつかり、尻餅をついた。

「ご、ごめんなさい」

慌てて立ち上がりながら、詫びを口にした。

「あ、いえいえ、お怪我はなかったですか」

微笑みを浮かべる弁当男に、「本当にごめんなさい。失礼しました」

わたしは頭を下げてから、大久保駅のほうへ向かった。少し歩き、弁当男の姿がないことを確認して、部屋に引き返した。

ダイニングテーブルに開いたパソコンの音量を上げると、雑音とともに話し声が飛び込んできた。くぐもってはいるが、聞き取れないほどではない。耳を傾けながら、録音機能が間違いなく作動しているか確認する。

（被害者の親御さんはご立腹されていましてね、ええ、そうなんです。痴漢など人間のクズがやることだ。娘は以前にも痴漢被害に遭い、精神が不安定になり医者通いもした。その時は示談《じ だん》にしてしまったあとで悔しい思いをしただけだったが、今回は訴えると興奮気味で——）

そこにいいタイミングで、男のまくし立てる声が被《かぶ》った。

（ちょ、ちょっとお父さん、冷静になっていただけませんか）

止まない罵声のなかに、警察、勤務先を教えろ、クビにしてやる、社会的に抹殺、と激高する台詞が聞こえ、遠ざかっていく。

（ああ、すいません。今、被害者の父親は別室に連れていきましたので。ええ、ええ、そうされたほうがいいと思いますよ。お金で解決するほうが話は早いですし、我々鉄道警察隊も、いちいちの揉めごとを訴訟騒ぎまで持っていかれたくないのが本音のところなんですよ）

こちらも迷惑を被《こうむ》っているのだという響きとともに、駅のアナウンス、発着する電車の音が耳に届く。

（では、一時間以内に法律事務所から電話がいくかと思いますので、今お話しした示談の方向をお母さんからもしっかりお願いするのと、それまでにお金の用意をしておいてくださいよ。こういうのは早く行動を起こしたほうが先方に誠意が伝わりますから。いいですか、大切なのは誠意ですから。モタモタすると、まとまる話もまとまらなくなりますからね。こじれてしまっても、我々はなにもできませんから。はい、はい、息子さんも出来心でしょうから、大切な息子さんの経歴にキズがつかないように急いでください。はい、失礼します）

会話が終わり数秒ののち、

（よし、ここまで！　昼食《メシ》だ昼食だ！）

その声とともに駅の音声が消え、ほっとしたため息やざわざわした様子が伝わってきた。

（これでお前のチームは四百万行けるな）

（このところ引きがいいんで、午後にもう一件、カモってやりますよ）

得意げに、声が応じる。

先ほど弁当男にぶつかった時、スーツのポケットに小さな盗聴器を滑り込ませた。ボタン電池とほぼ同じサイズで、丸みを帯びたボタンに見せかけ、アンテナも糸のように極力短くした特注品だ。ポケットを探られてしまえば立ちどころにばれる代物《しろもの》なので、じっくり腰を据えて相手の動向を探りたい時には不向きだ。したがって長時間の作動は考慮せず、感度と電波の出力を重視している。

三十分ほど聞き続けた。食事休憩もそこそこに午後の仕事にかかるようだった。

（さあ、まずは午前のクロージング、弁護士だ。ＢＧＳ、忘れずにオフィス用に変えろよ。午後も気合い入れていくぞ！）の声に（はい）と複数の声が揃って応じた。

流れ始めた背景音に続き（もしもし、こちら——）弁護士を装う落ち着いた声が聞こえた。

ここまで確かめれば充分だ。先を急いだ。

北新宿一丁目交差点近くの公衆電話ボックスから警察に電話を入れた。ビルの一室で特殊詐欺が行われているとまず告げ、場所の詳細と法人実体のない社名と代表者名を伝え、証拠となる音声を聞かせた。連中はドアの前に監視カメラを設置しているので注意しろとつけ加え、向こうの言葉には耳を貸さず受話器を置いた。

わたしの仕事は、ここで終わりだ。速《すみ》やかに電話ボックスから離れた。

久々の仕事に、体が火照《ほて》っていた。

「マユ、もう出勤してます？　じゃあ、四時で——」

新大久保駅まで歩き、山手線に乗った。


軽いノックののち部屋に入ってきたマユは、少し不思議そうな顔をした。

「どうしたのユキエ姐《ねえ》さん？　先週末きてくれたから、今度は来週あたりかと……」

そんな言葉とともに隣に座ったマユを抱き寄せて、キスをした。

「今日は、自分へのご褒美《ほうび》」

「えっ、シャワーは」

という声を無視して、マユの衣服を剝《は》いでいく。

「どんな、ご褒美？」

吐息のなかからマユが訊ねる。

「お姐さんネコはね、ネズミを見つけたの」

「それで……？」

「嚙み殺した」

わたしは、愛撫に没頭した。胸の内で、冥《くら》い炎が燃え盛っていた。

7

「いやいや、わたしが思っていた通りでしたよ」

翌日、平田は少し興奮気味に、倉田ビルのオーナーから仕入れた話を語った。わたしも、ネット上の記事を詳しくあたった。

昨日の夕刻、新宿署捜査二課の刑事がＭＴＭプランニングにやってきたバイク便のライダーと入れ替わり、部屋を覗き込んだ。根拠が一本の通報ではさすがに令状など下りなかっただろうが、複数の机、スマホと携帯電話、ホワイトボード、壁の模造紙に書かれた標語と売上グラフといった特殊詐欺を思わせる物品を目視し、待機していた捜査員が踏み込んだ。

バイク便の中身は、現金で四百八十万円。これは前日所沢で発生した特殊詐欺被害と同じ金額だった。ＭＴＭプランニングの実態は詐欺のかけ子集団で、警察が入った際、そこにいたのは店長の沼井次郎のみ。沼井がバイク便の受け取り時間を午後六時に設定したのは、かけ子たちに知られないためだろう。かけ子や受け子が金を持ち逃げした、強奪したというトラブルは、あの世界では少なくない頻度で起きている。

沼井を逮捕し、三〇五号室に張り込んだ警察は、翌日なにも知らずに出勤してきたかけ子を次々と逮捕した。その数、沼井を含め八名。警察は一網打尽と発表したが、わたしの理解では一名だけ取り逃がしている。

それはともかく、警察は詐欺行為の実態と、上部組織の解明を急いでいるだろう。

このところ胸にわだかまるイライラが、少しだけ薄れた気がした。

とはいえ、喜ばしいことでもない。

わたしのなかの毒は、今もこういう行為を渇望している。

自分の業を、思い知らされたようだった。

二章

1

倉田ビルを根城としたオレオレ詐欺の一斉検挙は、複数のマスコミが取り上げた。

しかしそれも一週間ほど。移り気な世間の興味は、つねに新たな事件や噂話で上書きされていく。

あの一味が久子を騙していたなら、彼女に金が戻ってくるかもしれない。そんな淡い期待も抱いていたのだが、警察から久子にはなんの連絡もないようだった。

半月ほどが、なにごともなく流れていった。

時折、誰かの視線を感じたが、都会では通りすがりに向けられる目も多い。多分そんなところだとさして気にも留めず、あの一件が幻であったかのように、わたしは、これといった起伏のない毎日を過ごした。

秋が深まり、冬が近づいてくる。十一月も下旬を迎えようという頃——。


その日わたしは薄手のコートを羽織り、西武新宿駅から本川越行きの電車に揺られた。若い頃には思いも寄らなかったが、ここ数年のこの頃、世話になった児童養護施設を訪れ、心ばかりの寄付をしている。

施設の最寄駅は西武新宿線の航空公園駅。賑やかな所沢の隣にあるとは思えないのどかなところだ。東口は所沢航空記念公園と防衛医大病院が隣接し、市役所、税務署、簡易裁判所などが並ぶさまはちょっとした官庁街なのだが、人の姿はいつもまばらだ。西口は昔ながらの住宅街。駅前に大きな商店はなく、降り立つといつも、遠い町までやってきた気分になる。

駅前で客待ちのタクシーに乗り込んだ。施設の名を告げて、シートにもたれた。


およそ一年振りの訪問。

四十人近い児童が暮らしていた大舎制の施設はところどころ手が加えられているが、基本的には当時のままだ。国から出る措置費や地方自治体の補助金が潤沢なはずもなく、厳しい懐事情のなかでやりくりしている様子がうかがえる。施設を出て十七年が経った。職員の顔ぶれも随分変わった。でも、

「今年もきてくれたのね。元気でやっていた？」

保母先生——田畑紀子《たばたのりこ》は、記憶のままの穏やかな笑みで、わたしを迎えてくれた。

小さな応接スペースは本館ロビーに衝立《ついたて》を置いて区切っただけで、施設で暮らす未就学の幼児が入れ替わり立ち替わり、珍しそうにわたしを眺めにくる。子供の扱いに不慣れなわたしは戸惑うばかりで、上手にコミュニケーションを取れない。衝立から顔を覗かせた男児になんとか微笑んでみせたが、引きつり顔にしか見えなかったはずだ。

「ほらほら、先生はお客さんとお話ししているの。いい子で向こうで遊んでいてね」

田畑はさすが慣れたもので、目を細め柔らかな口調で子供たちを諭している。

皆さんでどうぞ、と菓子折りをテーブルに置き、そこに「少しですけれど、クリスマスパーティーの足しにでもしてください」と封筒を載せた。なかには毎年、十万円を包んでいる。

「悪いわね、毎年。気持ちは嬉しいけれど、あなたに大きな負担をさせていない？」

ほんの罪滅ぼし、自己満足……。どんな仕事で得た金かと思えば、自己嫌悪も覚える。わたしのそんな胸中を知るはずもなく、田畑は感謝の言葉を口にしてくれた。

「それにしても、一年の本当に早いこと。今年ももう終わっていくのね。来年はわたしも六十のお婆さんで定年よ」

そろそろだろうとは思っていたが、田畑の口から定年の言葉を聞かされると、改めて時の移ろいを感じる。

「来年以降はどうされるんですか？」

「雇用延長でしばらくはここに置いてもらうつもり。ほら、わたしなんかほかに取柄《とりえ》もなくて、なにもできないから」

「そんなことありません。田畑先生のおかげで、皆、育つことができました」

「ありがとう。お世辞でも嬉しいわ」

微笑んだ田畑だったが、なにかに思い至ったように表情が翳っていった。その表情のなかから彼女は、思いもしない言葉を躊躇《ためら》いがちに告げた。

「あなたより少し年齢が下になるけれど、姫野雪江さんのこと、覚えている？」

突然出た名に乱れそうになった心を抑えて、無言で頷いた。

「姫野さん、半年ほど前に亡くなったのよ。なにがあったか知らないけれど、自殺したらしいの」

この話が出るとは思ってもいなかったわたしは息を呑み、田畑はそれを驚きと受け取ったようだった。

「彼女は……、時々ここに顔を出していたんですか？」

動揺を隠して、会話を繋いだ。

わたしが昔の話をいやがるからか、雪江は自分から施設のことは口にしなかった。

「ええ、何回か。それもあって、職員の一人が小さな記事に気がついたの」

哀しげな田畑に返す言葉が見つからず、しばし話が途切れた。

重い沈黙のなか、近づいてくる足音があった。

田畑への用件であってくれたら。そんな願いを聞き届けたわけでもないだろうが、足音は衝立の前で止まった。

「こんにちは」

悪戯《いたずら》小僧のように、衝立の横からそっと顔を覗かせた男があった。

田畑が「あらっ」と声を上げた。

2

田畑の隣に座った男から手渡された名刺には、

『ジュン・コーポレーション株式会社　代表取締役社長　松井《まつい》淳《じゅん》』

とあった。

「ごめんなさい。わたしは名刺を作っていないので」

受け取った名刺をテーブルに置いて、彼を見た。

グレーのスーツにブルーのタイ、シャツは白と、シンプルで清潔感がある。髪型はサイドを短く、トップに厚みを持たせたツーブロック。洒落ているが、社会人としての常識を逸脱しない、そんなスタイルだ。どんな法人なのか名刺からは読み取れないが、それにしても若い。まだ三十歳ほどだろう。

「こんな名刺を持ち歩いていますけれど、実際は社長兼平社員。肩書きも本当は代表とりしまられ役と読むんですよ」

切れ長の目は一見クールな印象を与えるが、笑みと口調には人懐っこさが滲み出る。

イタリアンレストラン、カフェ、食品問屋を展開し経営手腕を発揮していると、田畑が解説した。あのくだけた登場の仕方と田畑の口振りからして、施設とはかなり親しくしているのだろう。

「わたしがなにより嬉しいのは、彼が考えてくれているNPO法人」

「いやちょっと、その話は勘弁してください」

まだなんの形にもなっていない話ですから、と、松井は困った顔をした。

「いいじゃないの。志だけでも素晴らしいもの」

田畑にせっつかれて苦笑いとともに松井が語ったところによると、児童養護施設で育ち社会に出た若者を多方面から支援する組織だという。五年後にまずは任意団体でスタートし、NPO認証、さらにNPO認定を目指していく。

彼はその打ちあわせで、ここに顔を出しているのか。

そんなふうに考えた時、思わぬことを言われた。

「本当に懐かしいです。まさか西澤先輩にお会いできるとは。目許に面影が残っていますね」

瞬時に言葉の意味を咀嚼《そしゃく》できず、

「あなたもここにいたの？」

少し驚いて聞き返すと、松井は頷いた。

「ごめんなさい、わたしには覚えが」

慌てて記憶をたぐってみたが、彼に結びつく思い出は浮かんでこない。

「五歳ほど下だから仕方ないですよ。でも先輩、食堂で隣になった時、ボクがチーズのアルミ包装をうまく剝がせず困っていたら、きれいに取ってくれたんですよ」

それも、記憶にはなかった。

「ただ、ありがとうと言ったのに、顔を背けたままで返事はしてくれなかったっけ」

やりとりを聞く田畑が、いかにもありそうねと微苦笑を浮かべた。

そのあとも松井は話をリードし、田畑にも笑顔が戻ったようだった。

ロビーの時計を見ると、すでに一時間が経っている。頃合かと田畑にいとまを告げると、

「ここからバスですか。でしたら送っていきますよ」松井も腰を上げようとする。わたしは遠慮したが、田畑が「松井くん、チーズを剝いてもらったお礼をしたいんでしょ」と笑う。せっかく和んだ雰囲気を壊すのもどうかと思い、駅まで乗せてもらうことにした。


彼の車はホンダフィット。色はミッドナイトブルーのメタリック仕様で、車内は新車特有の匂いがする。

駐車場まで見送りに出てきた田畑が車を見て、やっと買い換えたのねと声を上げていた。彼女の話では数ヵ月前、松井が乗ってきた中古車がここでエンジントラブルを起こして、修理業者を呼ぶ騒ぎになったらしい。

「しょっちゅうトラブルが起きて修理費がかさむので、他の中古車を見にいったんです。で

も、コンパクトカークラスなら燃費や維持費を考えた時、新車のほうがトクかなという結論になって」

松井は、交通量の少ない通りを穏やかに走らせていく。

「環境とCSRを考えたらハイブリッドだけど、五十万円ほど高くなるのでガソリン車にしちゃいました。エコカー減税と燃費の良さをあわせても、やっぱりハイブリッドは高くつくんですよ」

そこでなにか思い当たったように、松井は言葉を止めた。どうしたのかと、彼をうかがう。

「すいません、先輩。クドクドと細かい話を。あの……、がっかりしました？」

「先輩は止めて。なんだか落ち着かない。どうしてわたしががっかりするの？」

「いえ、社長とか言いながらこんな車で」

特に返す言葉も浮かばず微笑みでかわしたが、見栄や虚勢を張ろうとしない彼の姿には、少し好感を覚えていた。

「あなた、施設にはよく？」

「年に数回ですね。本当はもっと顔を出したいんですよ。あそこはボクの実家で、あそこで暮らす子供たちは弟や妹ですからね」

帰り際、建物の出口までついてきた三人の子供は、わたしではなく松井を見ていた。彼も子供たちをしっかり記憶しているようで、名を呼び、言葉をかけ、手を振っていた。

「先輩……、じゃなくて西澤さん。お住まいはどちらです？　少しお話もしたいし、このままご自宅までお送りしますよ」

航空公園駅で降ろしてもらうつもりだったのだが、松井はそんなことを言い始めた。

彼を警戒しているわけでもないが、自分の住まいは知られたくなかった。長いあいだ仕事に携わるなかで染みついた習性だ。新宿のほうに住んでいるとぼかして語るに留め、西国分寺駅で降ろしてもらうことで落ち着いた。

彼と話すこと自体はかまわないのだが、自分の身上をあれこれ聞かれたくはない。そんな思いもあって、こちらから話題を振った。

「さっきの話だけど、どうしてNPOを立ち上げようと思ったの？」

彼は言葉を選ぶような沈黙のあと、口を開いた。

「人生に苦労はつきものです。苦労を乗り越えるから、人は成長する。でも世のなかには、しなくていい苦労とか、知らなくていい哀しみがある」

しなくていい苦労、知らなくていい哀しみ。

その言葉に、記憶の底に沈めたさまざまな過去が蠢くようだった。

「西澤さんも、身に覚えがあるんじゃないですか」

前を向いたまま語る松井に、かすかに頷いてみせた。

「さっき見送りにきてくれたあの子たちはまだなにも知らないけれど、いずれ、そういう苦労に直面するんです。なんとかしてやりたいですよね」

「そうなんだ。あなたはそのためにNPOを」

「博愛主義を気取るつもりはないんです。そんな人間でもないですから。ただ、あの子たちはこちら側です。向こう側の連中を敵に回したとしても、あの子たちには幸せを。いやせめて、苦労や哀しみに直面する回数を減らしてあげたいんです」

「向こう側というのは？」

「しなくていい苦労、知らなくていい哀しみを味わわずにすんだ人間ですよ」

彼の口調はいつしか重くなり、そこに思いつめたものを見た気がして横顔をうかがった。鋭い光を宿した目が正面を睨み、しかし次の瞬間、柔らかな笑みに変わった。

「もしかして深刻そうに聞こえちゃいました？　敵に回すというのは、たとえばの話ですからね」

松井は明るい声に戻り、続ける。

「ＮＰＯとは別に、頑張って自分の会社を大きくしていけば雇用枠も広がります。望む子にはボクの会社で働いてもらう。仕事を通じて彼らの能力を高め、もちろん、いい家庭を築けるように給与面も手厚く。まあその頃には、ボクももう少しいい車に乗らせてもらいますよ」

ハンドルを軽く叩き、松井は笑った。

「先々だけれど、ＮＰＯ団体ができた時には手伝ってもらえませんか。失礼な言いかたになったら申しわけないけど、施設で育った西澤さんなら、彼らの気持ちに寄り添えるんじゃないかな」

「わたしはあなたと違って、人のためにあれこれできないわ」

「でも毎年、施設に寄付をされているそうじゃないですか」

「誰に聞いたの？　無愛想な子供だったお詫びよ」

「やっぱり、変わっていないなあ」

意味を汲み取れず、ミラー越しに彼を見た。

「チーズのお礼を言った時に漂ってきた雰囲気と、似たものを感じました」

冗談めかしながら見透かされているようで、返答に困った。

「さっき黒いスーツ姿を見た瞬間、昔の西澤さんが被って見えたんです。いつもそういうコーデなんですか」

「コーデというほどじゃない。どの色も似合う気がしないだけ。あれこれ色づかいで頭を悩ませるのも面倒だし」

前方の信号が赤になり、松井は車を停止させた。交差する街道を、車が数台すぎていく。

ＦＭ放送がクリスマスソングを流し始めた。信号が青に変わった。静かにアクセルを踏み込んだ松井は、改まった声になった。

「今日、まさか施設で西澤さんにお会いするとは思ってもいませんでした。巡りあわせの不思議を、つくづく感じました」

わたしは、彼の言葉の意図を汲み取れない。

「じつは、お聞きしたかったことが」

――雪江先輩の遺体は、西澤さんが引き取ったんですか？

返事が、できなかった。

「雪江先輩が亡くなったと知ったのは、夏の終わり頃でした。驚きなんてものじゃなかった。まさか亡くなるなんて、夢にも思っていませんでしたから」

なにかの間違いではないかと、松井は雪江に電話を入れた。聞こえてきたのは、この番号は使われていないという冷たい声だった。

「あなた、もしかして彼女と会っていたの？」

「雪江先輩とは二歳違いで、子供の頃から姉のように慕っていたんです。施設を出たあともいろいろ相談に乗ってもらっていました。ただ、ここ数年はお互い忙しくて、会うのは年に数回ほどでしたけれど」

雪江からは一度も、そんな話は聞いていなかった。

「築地警察署に行きました」

築地。その言葉に、ざらついた苦い思いが心を流れていく。

わたしは、原田哲という男の許で働いていた。元総会屋の彼が手がけていたのは、企業に生じるトラブルの始末屋だった。従業員の不祥事、モンスタークレーマー、いわれのない攻撃、そういったものを秘かに解決する裏稼業だ。

二年前、ある半導体メーカーから案件が舞い込んだ。次期社長として内外に発表ずみの男が社内不倫に手を染めていた。清算を目論んだところが逆にこじれ、スキャンダルに発展する怖れがある。その不倫相手というのが、同じ施設で育った雪江だった。わたしは偶然を装って雪江に近づき、解決策を探った。結局彼女は不倫相手を赦《ゆる》して会社を去り、わたしたちは愛しあう仲になった。

未来に幸せなゴールが待つ関係ではないが、わたしは誰よりも深く雪江を愛していた。いつまでも彼女といられたらと願っていた。しかしわたしたちを引き裂く魔の手は、思いもしない身近なところに潜んでいた。原田はわたしの知らないところで雪江に近づき、自分の仕事に彼女を引き込んでいたのだ。

昭和から平成の時代、企業に代わって手を汚す原田の存在は、いわば必要悪だった。だが、世のなかは変わっていく。どんな蜜月関係も永久《とわ》のものではない。世間は企業にあくなきクリーンさを求めるようになり、結果、原田はダークな存在——企業リスクとして切り離されようとしていた。そういった企業のひとつ美国堂《びこくどう》に自分の有用性を示すため、原田は雪江を使い、市民運動という火を放った。そのうえでわたしに火消しを命じた。

自ら火を放ち、その火を消す。自作自演の歪んだビジネスモデルを原田がどこまで推し進めるつもりでいたか、今となっては分からない。ただ雪江はそのカラクリに気づき、かつて自分がターゲットとされたのみならずなにも知らぬまま利用されていたことに憤り、原田を糾弾にかかった。しかし彼女は原田の罠に落ち、青酸化合物を飲まされ、築地の公園で息絶えた……。

「雪江先輩が無縁仏として葬られるようなら、自分が面倒をみようと思ったんです。でも、遺体を引き取った人がいると言われました」

だが、その人物が誰なのか、警察は明らかにしないはずだが。

「最初は、施設になんらかの連絡が入っているかと思って問いあわせたんですが、あちらでもなにも。雪江先輩が住んでいた目白のマンションを訪ねました。そこで管理人さんから、雪江先輩の身元保証人がすべて手続きを終え、部屋の荷物も整理したと聞きました」

西日に染まった、がらんとしたワンルームマンションが脳裏に浮かんだ。あの日、雪江が染み込んだ部屋から次々と荷物が運び出されて、あの場所からも、あの娘《こ》は消えた。

「管理人さんを拝み倒して、保証人の名前を教えてもらいました」

そう、雪江の保証人はわたしだった……。

「西澤さんのことは、雪江先輩から聞いていたんですよ。いつだったか西澤さんの名前が出た時、三人で飯食いましょうよって誘ったんだけど、彼女クールだからそういうのは喜ばないと即座に却下されたっけ」

松井は少し、遠い目をした。

「さっき、コーデはいつも黒ですかってお聞きしましたよね。雪江先輩も――、黒だったんです」

反応を見るためか松井はそこで言葉を切ったが、なにも語ろうとしないわたしに、再び口を開いた。

「雪江先輩には正直、似合わない色でした。でも今日、西澤さんを見て、もしかしたら雪江先輩は、あなたを真似ていたんじゃないかと」

その言葉は、わたしの心を抉《えぐ》るようだった。

「彼女は、わたしが引き取った」

遺骨の件自体は隠すことでもない。それに、これ以上の言葉を聞きたくもない。

「小さなお葬式をして、遺骨は今のところ、お寺に預かってもらっている」

「どうして自殺など。遺書はあったんですか？」

「彼女の所持品から、そういうものは見つからなかった」

「思い当たることは？」

「分からない。わたしが、知りたい……」

痛む心に目を瞑り、唇に嘘を乗せた。

「お願いが。雪江先輩の遺骨に手をあわせたいんです」

「そうね、そうしてあげて」

彼が会いにいくのは、いい供養になるだろう。

「ただ遺骨のことは、施設には黙っていて。今日、田畑先生から雪江が亡くなったと言われた時、咄嗟に言葉が出なかったの。施設には、いつかわたしの口から話すから」

車は、西国分寺駅に近づいていた。

3

西国分寺駅で松井と別れた。大久保に着いた頃には、すっかり短くなった陽がほぼ暮れかけていた。

雪江が亡くなったと哀しげに告げる田畑。雪江に思いを寄せていた松井。まさか施設で、雪江をたぐり寄せるできごとが待っていようとは。二人の哀しみが、わたしの心に爪を立てていくようだった。

改札を出て大久保通りに出ながら、なにげなく流した視線に引っかかったものがあった。視線を戻して、確かめた。

高架下、百人町という地名の由来となった鉄砲組百人隊を描いた壁画。そこに佇む、ジーンズに黒ジャンパーの男。広い額に大きな目は——、
弁当男？

詐欺グループの部屋に入っていった人数は、わたしがカウントした限りで九。逮捕に至ったのは八。残った一人は奴だったのか。

そっと、物陰に身を寄せた。

グループの逮捕から半月以上経ったとはいえ、現場のごく近くに現れるとは度胸がいいのか気が回らないのか。ぼんやり顔で時計を確かめてはため息をついている。やがて尻ポケットからスマホを取り出した。しばらく画面を眺めたあと、こちらに背を向けて歩き始めた。

あとをつけた。

北新宿一丁目の交差点を渡り、左足を引きずり気味に歩く姿は、やはり間違いない。奴は通りを左に折れて小路に入っていった。

このあたりは道の並びが不規則なうえ、行き止まりも多い。新旧の建物が乱立する、ちょっとした迷路だ。いくつか角を曲がったが、すれ違う人は少ない。弁当男の先に人の姿はなく、わたしの後方で足音がひとつ聞こえている。

ぽつぽつと灯る街灯は薄ぼんやりしていて、むしろ、あたりの暗さを際立たせるようだ。十メートルほどの間隔を保ったまま小さな印刷所の角を曲がると、弁当男が消えていた。

急ぎ足であたりを探した。アパート、小さな事務所、古びた住宅。いったいどこへ？

後方の足音が近づいてきた。そっと身構える。中年のサラリーマンが怪訝そうな一瞥を残し、わたしを追い越していった。

何度か道に迷い小滝橋通りまで戻り、古びた中華料理店に入った。手頃な価格に加え卓同士を衝立で仕切った作りが落ち着けるようで、店はいつもそれなりに賑わっている。

私服姿の中国人や日本人のサラリーマンのグループが数組。彼らから離れた二人席に座り、食事だけオーダーした。

サイレンを鳴らしたパトカーが数台、表を通りすぎていった。テレビのニュースがこの先の天気を伝えている。テーブル下に置かれた雑誌を引き出して、ぱらぱらと眺めた。頭は文字を追わず、別のことを考えている。

弁当男は、あのあたりに住んでいたのか。改めて探してみようか。でも、見つけたところでどうするのだ。今さらあいつを警察に突き出したところでなんになる。頷ける答えは出てこなかった。

食事を終えて大久保駅北口に戻っていくと、赤色灯が闇をかき乱している。メゾン・ヒラタの入り口付近にパトカーが数台停車していた。

ビルに向かう私道には、警官のみならず刑事らしき雰囲気の男性も数人いる。ただ、バリケードテープの類いは見当たらない。大きな事件が起きたわけではないのだろう。近づくわたしに見咎めるような視線を向けた警官に「ここの住人です」と告げてビルへ進んでいくと、管理人室前にぼんやりした風情で平田が佇んでいた。

「なにかあったんですか」と声をかけた。

「ああ、今お帰りですか」

と平田はわたしを見て微笑んだあと、声をひそめた。

「多分、このあいだのオレオレ詐欺じゃないかと。いやね、逃げた一人が、のこのこやってきたようでしてね」

午後六時半というから今から一時間ほど前。近所の百円ショップに用があり自室を出た平田は、私道から大久保通りへ歩いていく男の後ろ姿を見た。

「ジーンズに黒っぽいジャンパー。ほら、前に西澤さんも見たでしょう、詐欺グループで弁当を買いに行っていた男に背格好が似ていたんですよ」

服装は、さっき追いかけた弁当男に似ている。時間的には、わたしが姿を見失ったあとだ。考え込んだわたしに、平田は得意げに言葉を重ねた。

「西澤さんは気づいていたかどうか、あの男は左足を少し引きずるように歩いていたんです。今日の男も同じように、足を引きずっていたんですよ」

「あの人は捕まらなかったんですか」

「そのようですね。倉田さんに頼まれて、このあいだふたりして警察で、逮捕された連中の顔写真を見たんですよ。そのなかにあの男はいなかったんです」

平田は、念のため警察に通報した。それで警察が駆けつけた。

「でも今頃になって、なんのために。まあ、倉田さんのところから例の通路を通ってきたんだろうけれど」

いや、弁当男は倉田ビルではなく、メゾン・ヒラタにやってきたのかも。

「詐欺グループの残党となると、警察もなんとかして捕まえたいようですね。しばらくのあいだは警察が巡回してくれるそうです。西澤さんも気をつけてくださいよ」

ありがとうございますと応じて、平田と別れた。

部屋のあるフロアまで上がった。部屋の前の外廊下に、ぽつんと置かれているものがあった。

あたりをうかがったが、人の気配はない。

拾い、確かめる。

糸状の切れ端が残る、丸みを帯びたボタン。

わたしが弁当男のポケットに落とし込んだ盗聴器だった。

部屋に入り、爪を立てて盗聴器を割った。これを使い逆に盗聴とは向こうも考えていないだろうが、念のためボタン電池を外した。

それからスーツのポケットを検め、コートを点検した。襟を返し、なにか挟まっていないかチェックしていく。つい半年ほど前まで現役だった時分にはスーツはともかく、手を離れる機会のあるコートの点検は帰宅時のルーティンだった。いつも手ぶらなのは、バッグやポーチといった面倒な点検項目を増やしたくないこともある。

作業をしながら、考えた。

駅前に佇む弁当男の姿を見たのは、偶然ではなかったのだ。

奴はポケットの盗聴器に気づいた。どこで仕込まれたと考えた時、通りの角でぶつかった女、つまりわたしが浮かんだ。わたしはメゾン・ヒラタ前で平田と話しているところを、奴に見られている。ぶつかったのもメゾン・ヒラタの角だ。

だが、この女の仕業だという確証がない。そこで、確認に出た。

自分の姿を見せ、わたしがなんの反応も示さなければ、偶然ぶつかってきた女にすぎないという線が濃くなる。だがわたしは奴のあとを追った。つまり、自ら手を上げてしまった。

確認が終わり、弁当男はわたしの部屋の前に盗聴器を置いた。

分かっているぞ、というメッセージだ。

このところ感じていた視線は、あの男だったのか。

目的は、復讐。

——探偵、気をつけてくださいね。

平田に伝えたリスクが、そのまま自分に向けられたのでは、笑うに笑えない。

ゴミ箱から、タバコを摑み出したい誘惑をこらえた。

4

複数のテレビ局や新聞社が、平田の許を訪れたようだ。

「少しでも注目されたほうが防犯になると思ってね」

そんな言いかたをしていたが、マイクを向けられるのがきらいではないとみえ、平田は嬉々として取材に応じていた。もっとも、今回はどんな被害があったわけでもない。つまり話題性は低い。知る限りにおいて、ニュースや記事として取り上げた媒体はなかった。

トレーニングルームのクローゼットから小さな監視カメラを引っぱり出して、部屋の扉にレンズを向けた。

弁当男はわたしの住まいを探り当てている。こっちは向こうの住まいどころか名前すら知らない。今、わたしが手にしている情報は、弁当男を捉えた数枚の写真だけ。鍵をかけて部屋にこもったところで、事態は好転しない。自分をエサにして、逆に向こうを探る。襲われる前にこちらから仕掛ける。

大きな混雑は避け、街を歩き、電車に乗った。スマホのカメラに取りつけたPEEK-EYEでそれとなく周りを撮影した。これは直径二センチほどのレンズで、あらゆる角度に自在に動き、鏡のような働きをしてくれる。つまり、スマホ本体を被写体に向けずとも秘かに観察や撮影ができる。

　昼すぎから半日ほど動き回ったが、今日のところはわたしをマークする視線を見つけ出せなかった。そのうちアンテナに引っかかってくるはず。焦ることはない。ただ久々に神経を酷使したせいか、このところない精神的な疲労感を覚えた。疲れた肉体が甘いものを欲するように、体の温もりが恋しくなった。無理な我慢をしてストレスを溜め込むのも望ましくない。半分言い訳のようだと思いながらもマユに予約を入れ、時間を調整してＬＩＬＹ＆ＣＡＴに向かった。

　今日は珍しくオーナーが受付に立っていた。五十絡みの彼女はわたしを覚えていたようで、「マユに常連さんがついていただいて感謝しているんですよ」と語りかけてきた。

「いい娘なんです。そうじゃないと、うちはエステティシャンとして採用しませんからね。志望者にはわたしが直接面接して確かめています」

　狐のような目をしたオーナーに、判断基準とやらを訊いてみたい気がした。わざわざ面接しながら、マユに残る過去の印に気づいてもいないのか、それともあえてほっかむりを決め込んでいるのか。

「でもわたし以外にも、贔屓のお客さんはいるんですよね」

唇に笑みを引き、あやふやに応じようとしたオーナーに、

「わたしだけだと、逆に負担に思えてしまって」突き放すように言ってみた。

「お客様のプライバシーに関連してくるのであまり言えませんけれど、おかげさまでそれなりに。ああ、そういえば年配のお客様が、このところ何度か続けてご指名を」

オーナーは、少し慌てたように告げた。

初めて店を訪れた時、対応に出たのがこのオーナーだった。どんなタイプの娘がいいかと訊かれ、年下がいいがロリコンじみたのは好きではないと言った。

それでしたら――。彼女は狐目をさらに細めて微笑み、勧められたのがマユだった。ただ彼女との出会いは、さほどいい印象でもない。あれは九月中旬――。


受付をすませて案内された部屋には、ダブルベッド、大きな壁かけテレビ、フリードリンクの入った冷蔵庫が揃い、ベッド脇の可愛らしいテーブルの皿にはチョコや菓子が盛られていた。

まもなくエステティシャンがまいります。それまでごゆっくり。そう言われたが、どう寛いでいいのか分からずビールを飲んで待っていると、ノックののちドアが開き、ベージュのワンピースを着た若い娘が現れた。

「いらっしゃいませ。わたしで、よろしいでしょうか」

娘は入り口で片膝をつき、いかにも教えられたような台詞を、緊張した面持ちで口にした。

ぱっと見で判断などつかなかったが、雪江とは異なる雰囲気がまずは免罪符のように思われて、「いいわ」と笑みを向けた。

一礼して部屋に入った娘は「よろしくお願いします。マユです」と名を告げた。

ベッドに腰かけて話をしたがすぐに会話は途切れ、順番にシャワーを浴びた。客商売にしては固い娘だ。オーナーからは（つい最近店に入った手垢のついていない娘）と言われたが、要は初めての客とあって、人気のない女をあてがわれたのかもしれない。そう思いながらベッドで待っていると、体にタオルを巻きつけたマユが戻ってきた。

照明を落としてから、マユはベッドの脇でタオルを外した。薄闇に輪郭を描いた彼女の裸体は引き締まり、躍動感を秘めた美しさがあった。

金で買う快楽は、初めての経験だった。

背徳と、裏腹の情欲。

なにをしているんだ、と己に問う自分と、その声に耳を塞ぐ自分がいた。

三十分ほど時間を残し、ベッドを離れて服を着た。ベッドのマユが、慌てたように体を起こした。

「あの、もう……」

時間を残し部屋を出ようとしたわたしを気にしたようだったが、その先を聞かず、無言でドアを開けた。

もう一度遊ぼうとは、正直、思っていなかった。あの娘がどうこうではなく、ああいう遊びに踏み込んだ自分に腹が立った——。

はずだった。

だが十日ほどして、体がまた寂しさを訴え始め、浮かんできたのはマユの面影だった。

二日ほど悩んだと思う。だが、体が求める欲は喉の渇きにも似て抗い難かった。

過去の自分にはなかった感覚だ。

どこかが壊れている自分を、うっすらとだが意識した。

だが、理屈で対処できるものでもない。

結局、池袋に向かい、マユを指名した。

たまたまあの娘だから夢中になったのか。誰でもよかったのか。

それなりに距離は縮まった。それでも彼女から、翳のようなものは消えない。

金のためとはいえ、こういう働きかたを選択する裏には、辿ってきた過去が影を落としているはず。岡山時代を語りたがらないマユだが、ぽつぽつと出てくる話の端から、ヤンチャだった昔は推測がつく。狐目のオーナーが見過ごした、左前腕部に四つ並んだ白い斑点のような印は、根性焼きの痕。つまりいろいろな経験を、若いなりに積んできたのだ。

一緒にシャワーを浴びて、いつものようにマユを抱いた。

マユと店を出て、いつものカフェバーで、いつもと同じようなメニューを頼んだ。

一時間ほどで店を出た。大した額でもなく、支払いはいつもわたしがすませる。店を出るとマユは食事代の埋めあわせのように腕を絡めてくる。頰を寄せ、無言でキスをする。頰に、そして唇に、小鳥のようなキス。駅に向かい、途中で腕を離し、目配せだけで別れる。

マユと電車の時間をずらすため、あてどなく雑踏を流れた。

池袋の、薄暗い地下街。

澱んだ水槽のなかのように、どこか青みを帯びた空間。

陰鬱な世界に漂うようなわたしを、冷めた目で見ている自分がいた。

三章

1

弁当男相手にこの先、必要となるであろうアイテムを考えた。クローゼットを検めたが足りないものが多く、翌日の午後、秋葉原に出かけた。

電気街口で降り、中央通りを渡る。忙しない電子音。大久保界隈とはまた異なる雑多な言語。そんななかを歩き、狭い路地に建つ雑居ビルの三階に向かった。

安っぽいスチールのドアを開ける。六帖ほどの店内の棚やショーウインドウに所狭しと置かれているのは、小型カメラ、ＩＣレコーダー、ＧＰＳ、盗聴器、盗聴発見器、防犯カメラ、スタンガン、特殊警棒、催涙スプレー……。

防犯グッズ専門店といえば聞こえはいいが、攻守双方を扱う、警察が眉をひそめるグレーな店舗だ。

レジ前でパソコンに向かう六十歳前後の男が顔を上げた。

このグレーな店の主人、ゴルバ。

髪のない面長顔には無精髭《ぶしょうひげ》。はげ頭の上部に、ユーラシア大陸のようなアザ。ただ、のっぺりした目鼻立ちは、強面《こわもて》には程遠い。「あれ久し振り」という声も穏やかで、扱う商品とはアンマッチな優男《やさおとこ》風だ。

「お嬢、生きてたんだ」

という声に軽く微笑んで、入り用なアイテムを告げた。

「またまた、なに始める気？　女ランボー？　ミッションインなんとか？」

こちらの気も知らず、ゴルバはニヤニヤ笑う。それでも盗聴器とＧＰＳは店頭にない特別仕様品を見せてくれた。弁当男に忍ばせた盗聴器も、ここで用意してもらった品のひとつだ。あれこれレクチャーを受け、商品を選んでいく。それなりの額になったがキャッシュで支払った。

「荷物、送ってあげるよ。送料はサービスしてあげる」という声を断り、無地の紙袋にすべて放り込んでもらう。近くの宅配便センターに持ち込んで配送手続きをした。

宛先は、メゾン・ヒラタ管理人室気付５０３号室。西澤のネームは部屋の扉にも一階の集合郵便受けにも出していない。女の独り暮らし。なにかあると怖いので個人情報は伏せたいんです。歴代の管理人にはそんな理由で、わたし宛の荷物はすべて預かってもらっている。

秋葉原駅西口の改札を通ったのは午後五時すぎ。帰宅ピークには少し早いが、そろそろ混雑が始まっていた。さりげなく周囲に気を配りつつ総武線新宿方面行きホームに上がった時、三鷹行きの列車が走り去っていった。ホームには、次の電車を待つ人がもう群れ始めている。大久保駅北口改札は、電車の進行方向側。ホームの前方へ向かった。

騒がしい学生の一団が見えた。左側の階段から現れた中国人の団体がホームに広がった。まだ電車が入ってくる様子はない。集団を避け、点字ブロックの外側に出たその時だった。

――――!

斜め後ろから肩を押された。

右足を上げたタイミングを見計らったような力に、体が泳いだ。

落下の感覚。顔をホームに向けながら、複数の悲鳴を聞いた。

膝をクッションにして転がった。敷石が食い込む。レールで右肩を打った。

非常停止を知らせるブザーが鳴り響いた。

ホーム上から複数の目が注がれるなか、肩を押さえて立ち上がった。

突き落とされた瞬間、垣間見た男の顔はない。

差し伸べられる手を断り、ホームの端に手をかけた。反動をつけてジャンプし、ホームに上がった。ブザーはまだ鳴り続けている。手を叩きながら混雑に紛れ、総武線下にある山手線ホームに向かった。

こちらはホームドアが設置され、突き落とされる心配もない。やってきた内回りの電車に乗り込んだ。右肩に、少し痛みがある。

線路に落下する時に見た光景を思い浮かべた。

ホーム上に立つ人、人、人。数人に驚いた顔が浮かび、いくつかの目がこちらを向き始める。そんななか、わたしを見ながら踵を返し、雑踏に消えていく男。

弁当男よりも若い。二十歳前後。ザンバラの茶髪。ボアつきのネイビーの作業着。

見覚えはない。

たまたま体が触れた。悪戯。弁当男の指図。

最低の三択だ、答えは考えるまでもない。

混みあう車内に、そっと視線を巡らせた。

2

翌日、打ちつけた肩は少し腫れていた。

電車がやってくる瞬間を狙って突き落とされたわけではないが、怖さがないといえば嘘になる。あれ以上の仕打ちをされる場面が頭を過ぎる。

昨日秋葉原から送った荷物を、管理人室で受け取った。さっそく防刃シャツを着込み、コートにはスタンガンと催涙スプレーを忍ばせた。

徒歩で、新宿へ。街中のウインドウやPEEK-EYEを取りつけたスマホを、目として使う。

数時間歩いたのちカフェに入り、スマホに収めた映像を確かめた。弁当男も、昨日の秋葉原のボア男らしき顔も確認できない。

改めて地下街を歩き、人通りの少ない通路をあえて選んだ。後方から駆けてくる靴音が生じた。ちらりと振り返る。宅配便の制服が目に入った。足音が近づく。わたしは前を見たまま歩く。足音のリズムが乱れる瞬間に備えた。足音はすぐ後ろまで近づき——、わたしを追い越し、荷物を手にビルの通用口に消えていった。

地上に出た。甲州街道を、新宿駅方向へ歩く。

前方の信号が赤になった。先頭は避けて歩道の中頃に佇んだ。手持ち無沙汰を装い、視線を巡らせる。信号が青に変わって歩き始めた時、
パンッ!

突然響いた爆発音に身を屈めかけたなか、エキゾーストノートを響かせスポーツタイプの車が走り去った。なんのことはない。車のバックファイアーだった。

暗くなるまで歩いてみたが、わたしを嗤《わら》うかのようになにも起きない。

夜、外で食事をする時もアルコールは控えた。アルコールがなければ、店で一人長居もできない。さっさと部屋に戻った。扉に向けた監視カメラの映像を早送りでチェックした。静止画像のような画面を、タイムコードだけが流れていく。

神経がささくれる。苛立ちが募《つの》る。


そして、翌日。

世間は勤労感謝の日で三連休。混みあった新宿を避けて、丸ノ内線で新高円寺に出た。青梅街道からJR高円寺まで八百メートルほど続く商店街を歩いた。林田佳子《はやしだけいこ》名義で高円寺駅の近くにワンルームマンションを借りていた経験から、このあたりには土地勘がある。

時折、目についた店を冷やかしながら、三十分ほどかけて高円寺駅に近づいた。

商店街を離れ、駅前から南に伸びる通り沿いに建つ雑居ビルのカフェに入った。撮った映像をざっと確かめたが、気になる者は見出せない。

今日も空振りなのだろうか。

店を出て、駅に向けて歩き出した時。

――――!

数メートル先で、なにかが乾いた音を上げて爆《は》ぜた。

先を歩く主婦が悲鳴とともに振り向いて、また小さな悲鳴を上げた。

乾いた土と植木鉢の欠片が、歩道に散乱している。

見上げた時、ビルの屋上から慌てたように引っ込んだ影があった。そのビルに駆け込んで、入り口横のプレートを確認した。

七階建て。各フロアにテナントが七、八軒ほど。エレベーターはこちら側に一基だけで、横に階段がある。ようやく人がすれ違えるほどの階段は階の途中で折り返し、上の様子までは見通せない。ただ、慌ただしい足音がかすかに反響している。

階段の陰で待ち受ける。

だが、足音が消えた。エレベーターは動いていない。

階段を上がってみた。二階、そして三階。廊下を覗くと十数メートル先、突き当たりのドアを開け、向こう側に消えていく男の姿があった。

廊下を駆け、ドアを開けた。

そこは非常階段。裏通りのビルが目に飛び込んできた。

カンカンカンカン。下で響く足音を追い、錆びついた非常階段を駆け下りた。

男がヘルメットを被り、バイクに跨がる姿が見えた。

バイクのエンジン音が轟《とどろ》いた。

男はわたしに気づいたようで、ちらりと振り返るとバイクを発車させた。ボアつきのネイビーの作業着にジーンズ。一昨日のボア男だ。

バイクは左折し、表通りに向かう。中型。とても足で追えはしないが、階段を下りた勢いのまま駆け、路を左に曲がった。

バイクが蛇行した。バックミラーに映ったわたしの姿に慌てたようだ。

駆けた。

バイクは表通りに飛び出した。

急ブレーキの悲鳴を聞いた。

右からやってきた乗用車を避けようとバイクは左に傾き、バランスを失い路を滑った。

左からきたワゴン車が慌てて停止する。転倒した男は足を引きずりながらバイクに戻ると、グリップを握り引き起こした。

わたしは駆ける。

男はバイクに跨がったものの、スタートに手こずっている。

ワゴン車から降りてきた中年男が罵声を上げてバイクに近づいた。わたしはその中年男を突き飛ばすように、ボア男に手を伸ばした。その瞬間バイクはスタートし、手は寸前で空を摑んだ。

なおも追いかけたが距離が開いていく。バイクは高円寺南四丁目交差点の信号を無視し、左折した。

交差点まで追いかけ、左右を見て手を上げた。停まったタクシーに飛び乗り、「あのバイクを追って！」と指差した。すでにバイクは数ブロック先を走っている。

「お客さん、どうしたの？」

訝りながらも車を走らせ始めた運転手が、ミラー越しにわたしを見た。

「オレオレの犯人。老人から金を奪ったの」

運転手の年齢を見て、彼と同世代の人を騙す連中と告げればやる気を引き出せると判断した。弁当男の仲間を追うという意味では嘘ではない。少なくとも植木鉢を落とされたというより、その気になってくれるはず。

「そりゃあ、赦せねえな」

初老の運転手は、アクセルを踏み込んだ。

バイクとの距離が狭まっていく。

バイクは環七通りを突っ切り真進した。

信号が黄色に変わったが、タクシーは交差点に飛び込んだ。右折してくる車のクラクションを浴びながら向こうの通りへ。前のバイクは勢いを緩めず走っている。

「あの野郎、このあたりに土地勘があるのかな」

この一帯は道幅が狭まるばかりか、一方通行が多い。

その言葉に、スマホの地図で位置を確認した。環七から続く直線はこの先で建物に阻まれ、右斜めに折れた変則的な四つ角を作っている。

「真っ直ぐは進入禁止。右か左だな。左に行ってくれたほうが、こっちは追い込みやすいかな」

しかしバイクは右でも左でもなく、進入禁止の標識が立つ道に飛び込んでいった。

運転手は罵声とともに車を停めた。

「お客さん、悪いけれど――」

仕方ない。

わたしは、バックミラーに頷いた。

3

運転手は無線でバイクの特徴を告げ、近くを走る仲間に応援を頼んでくれた。

だが、バイクのナンバープレートは折り曲げられていた。伝えられた情報は服装と、黒っぽい中型という二点だけ。バイクはタクシーが行き交うような大きな道を避けたのか、二十分ほど粘ってみたがなんの報告ももたらされなかった。高円寺まで行ってもらい、運転手に礼を述べて一万円を渡した。

先ほどの現場に戻ってみた。

赤い三角コーンが置かれ、現場は保存されていた。警官と老婆が話をしている。数人の野次馬に混じって会話に耳をそばだてた。

屋上の鍵を壊し、立ち入った者がいる。植木鉢は老婆の夫のもので、今は使っていない。

──だから早く、あんなもん捨てちゃいな、って言ってたんですよ。おまわりさんからも、ひとつ言ってやってください。

そのあたりまで聞いて、現場を離れた。

奴はずっとわたしをつけていた。そうでなければ、わたしが店を出たところで植木鉢を落とすような真似はできない。だが、録画した映像を見返しても奴の姿は映っていなかった。

夜、近所の店で食事とともにビールと洋酒を口にした。

怖さと、あんな輩《やから》に怯えて生活を乱したくない妙な意地が、入り乱れている。

自分への強がりだ。意味がないばかりか足を掬《すく》われる。

分かっていながら、グラスを傾けた。

少し酔った足取りで部屋に戻った。

なにもない、静かな夜だった。

翌日は土曜。

オールディーズを流しっ放しにふて寝を決め込み、張りつめた神経を休ませた。夕刻になって初めて、食事がてら外に出ることにした。さすがにボア男も、朝から晩までわたしが出てくるのを待ち受けてはいないだろう。

着替えをするなか、改めて疑問が湧き上がった。

どうして奴に気づけなかったのだ。

一日経った冷静な目でもう一度、昨日の映像を眺めた。ボア男はどこにもいない。だが奴が尾行のプロとも思えない。負け惜しみではなく、奴につけられていたなら気づけないはずがない。釈然としないまま映像を切った時、閃いたものがあった。

もう一度、昨日の映像すべてに目を凝らしていく。

終盤、気になったものがあった。

高円寺駅近くのアーケードに映り込んだ顔。

黒いキャップにスタジャン、ジーンズ。背が低くやや太った男。

映像を、新高円寺側の商店街まで戻した。

わたしの後方に、同じ男が映っている。

商店街の中間あたりの映像にも、やはりこの男の姿がちらりと。

わたしは店を冷やかし、ふつうに歩けば十五分ほどのところを倍の時間をかけて商店街を歩いた。同じタイミングでたまたまこの男が歩いていたとは考えにくい。

この男がわたしをつけ、適当なところでボア男に連絡を入れた。そういうことなのだろう。中華まんのような顔をしたこの男に気づけなかったのは、褒められた話ではない。この数ヵ月、だらけ続けたツケが回っている。ただ、他に仲間がいたのなら、まだ納得がいく。あとは勘を取り戻していけばいい。

食事の前に角屋へ向かった。

相変わらず元気のない久子からタバコをふた箱買った。コハクの姿がない。

「危険を察知してるのよ」

久子は苦笑した。

年に一度、混合ワクチンを注射するのだが、その時期になるとコハクは隠れるようになる。

「すごいよねえ。こっちは注射とかワクチンとか、あの子の前では全然口にしていないの。お医者さんからワクチン接種時期のお知らせがくるだけ。それなのに、分かるのね」

「その勘のよさ、分けてもらいたい」

この数日を思い返し、つい、そんな言葉になった。

「あら、あなただってすごく勘がよさそうじゃない。見ていれば分かるわ」

ホームから突き落とされた、植木鉢で頭を割られそうになったとも言えず、「そうならいいんだけれど」と漏らした。

「わたしも、コハクみたいに勘が働けばねえ……」

久子は久子で、思考はまたそこに落ち込んでいく。

相変わらず気の利いた台詞が言えないまま、店をあとにした。

大久保通りに出た。土曜の夜の混雑のなか、どこなら空席があるだろうと考え、ネパールカレーの店に向かった。

満席だった。

ならばと、ベトナム料理店に足を伸ばした。

ここも満席。

わたしのどこが、勘がいい。タバコを手に部屋に戻り、ピザの出前を電話で頼んだ。

運ばれてきたピザを食べていると、メールの着信があった。

(明日、よろしくお願いします)

松井からだった。

ああ、そうだ。明日は彼と築地の予定だった。

了解、とメールを返した。

4

翌日、日曜の午後。

約束の十分前。新大橋通り沿いに建つ築地本願寺正門前に、すでに松井の姿はあった。今日の彼はグレーのスーツに臙脂のネクタイ、薄手の黒コートを羽織り、花束を持っている。

本来なら今日、雪江の遺骨を預けた調布の寺を訪れるつもりだった。だが住職は遠方で法要があり不在。小さな寺で他に僧侶もおらず、日程を一週間のちの月曜に調整した。

——雪江先輩が亡くなった場所に、供花したい。

電話で打ちあわせするうちに、松井はそう言い出した。

はとば公園には、雪江が亡くなったあの時に訪れたきりだった。そこに立つと、あの時分をまざまざと思い出してしまいそうで、ずっと躊躇《ちゅうちょ》があった。

そんな気持ちを越えられたら。

自分なりの思いもあり、今日の運びとなった。

改めて並んで歩くと、わたしの目の高さが彼の肩あたりだった。三十一歳と聞いていたが、艶々した顔立ちは彼をもっと若く見せている。

「あなた、はとば公園は今日が初めて？」

「いえ、一度。でも、公園のどのあたりが現場だったのか……」

あとの言葉を、松井は呑み込んだ。

はとば公園は勝鬨橋《かちどきばし》の北にある。隅田川に沿って整備された遊歩道に接する小さな公園だ。大人の丈よりも大きい銀の玉のオブジェに近づいていくと、その先に隅田川と月島の高層ビルが見えてくる。

オブジェを囲むように作られたベンチのひとつに近づいた。あの日ここに、白いチョークで人の輪郭が描かれていた。

松井はそこに花束を置くと、スーツが汚れるのもかまわず片膝をつき、合掌した。わたしも、彼の後ろに立って手をあわせた。

色のない世界に花だけが、赤、黄、オレンジの鮮やかさをぽつんと落としている。川から吹きつける風が、花びらをかすかに揺らした。

彼は長いこと合掌したまま、動こうとしない。

肩が、小さく震えている。

いたたまれなくなり彼から離れ、そっと、川沿いの遊歩道に向かった。

街の音が、遠くに聞こえる。

勝鬨橋を、車が行き交う。

観光船が、川を上っていく。

その向こうに、月島の高層ビル群が見える。

垂れ込めた雲が空を覆い尽くす、灰色の風景。

街全体が喪に服したような重苦しさ。半年前のあの日に、刻《とき》を巻き戻したかのようだった。

川上から犬を連れてやってきた老婆が、傍を通っていった。遠くで川にスマホを向ける男性が二人。

わたしはただ、ぼんやりと佇み続ける。

やがて、松井がやってきた。

「ありがとうございました」

ちらりと見た彼の目が赤い。目を逸らして、小さく頷いた。

しばらく二人して、川を眺めた。

語りあう声とともに、足音が近づいてくる。男。三人。そう読みながら、横目でうかがった。少し乱れた服装の若者たち。年齢は二十代前半といったところ。松井と会う前、尾行には充分注意を払っている。まさかつけられてはいないだろうが、染めた髪に派手な刺繡《ししゅう》の入ったジャンパーという姿は、弁当男の一味と見えないこともない。

川に背を向け視線を逸らしたまま、コートに手を突っ込んだ。催涙スプレーを握り込む。

よく分からない話題で盛り上がったまま、男たちは通りすぎていった。

わたしは、溜めていた息をそっと吐いた。

松井が怪訝そうにわたしを見たようだが、それには気づかない振りを装う。

やがて彼は、遠慮がちに声を上げた。

「亡くなる直前、雪江先輩に変わった様子はなかったんですか」

哀しげな彼に示せるものを、わたしは持っていない。

「いつもと同じだったと思う」

彼を見ず、偽りを口にした。あの時あったことは、墓場まで持っていくつもりだ。

「どうして最期の場所に、ここを選んだんでしょう。ここになにか深い思い出でも」

「さあ。彼女と会うのはだいたい新宿だったし、このあたりの話を聞いたり、一緒にきたこともなかった」

松井の言葉から逃げるように、遠くに目を向けた。向こう岸には月島の高層ビル。その一棟が視界に入り、息苦しさを覚えた。原田が住んでいたマンションだった。あそこで雪江は原田の罠に落ち、わたしは原田を罠にかけた。

「今になって、つくづく思います。結局ボクは、雪江先輩のなんの力にもなれなかった。雪江先輩も、ボクに相談したところでどうにもならないと思っていたんでしょう」

松井はしばらく灰色の空を仰ぎ、それから続けた。

「でも、どうして雪江先輩があういう最期を辿ったのか、せめてその理由が知りたいんです」

「気持ちは分からないでもないけど、人は誰でも他人がうかがい知れない裏を持つ。彼女は今さら、その裏を探られて喜ぶかしら」

自分の唇が吐き出す言葉を、わたしは遠いもののように聞いた。

寒々しい灰色の世界が、次第に暗く沈んでいく。ぽつりぽつり、街に灯がともっていく。

松井は気持ちを切り替えるかのように、大きな呼吸をした。

「少し、つきあってもらえませんか」

どこへ？　わたしは、彼にちらりと顔を向けた。

「飲みましょうよ。雪江先輩と、三人で」

松井は、自分の右手に視線を落とした。男性がするにしては少し違和感のある指輪が、薬指で鋭く光った。

日曜の夕刻。平日とは異なり都心の交通量は少なく、タクシーはスムーズに流れていく。北品川、駅から少し離れた場所で、松井はタクシーを停めた。

まだ午後七時前だというのに、街灯が鈍い光を落とす通りに人の姿は少ない。点在する店の看板も、ほぼ明かりが消えている。

「このあたりは平日こそ勤め人で賑わうけれど、土日はだいたいこんな感じなんです」

松井は、こっちですと、古びたビルを示した。茶系のスクラッチタイルで飾られた、六階建てのアールデコ建築。昭和初期にタイムスリップしたような洒落た佇まいだ。正面の扉を素通りして建物の横に回った松井は、通用口でスマホを取り出し、電話をかけた。

「予約した松井です。お願いします」

すると、鍵の外れる音がした。

松井は勝手知ったる様子でひとけない建物を進み、小さなエレベーターに乗り込んだ。最上階の六のボタンを押すと、エレベーターはがたつきながら上昇を始めた。

降り立ったフロアは静まり返っていた。クリーム色の壁に並んだ扉は六つ。どれも飲食店ではなくオフィスのようだ。コツコツと靴音を響かせて薄暗い廊下を渡り、端に現れた階段を昇った。下からこのフロアに至る階段はコンクリートだが、上へ向かう部分は木製で趣《おもむき》が異なっていた。ニスで黒光りする階段を昇り、いったん踊り場で折れてさらに上へ。すると、階段の途中右側に木製の扉があった。
なかは見えない。ただ、目の高さに、
ＨＩＤＥ
の焼き印があった。
わたしを振り向いて着きましたよと微笑み、松井は扉を押した。

煉瓦を積み上げた壁と、板敷きの床。天井は低く、せいぜい二メートルというところだろう。天井と壁のランプが、空間を琥珀色に染めている。

ゆったり配置されたテーブル席はすべてで九卓。どこも客で埋まっていた。スツールが十脚並ぶ重厚なカウンターにも半分ほど客の姿がある。黒ズボンに白いシャツのウエイターが二人、カウンターのなかできびきびと立ち働いている。

松井とカウンターに座った。バックバーに並ぶボトルは、かなり珍しい銘柄もある。

そもそもはビルの物置として用意されたスペースを店に改造した。松井の説明で、低い天井の作りが理解できた。

雑誌の取材はすべて断り、ネットへの投稿も厳禁。外には店を示すなんの案内もない。流れているのは古いジャズ。ＨＩＤＥ。隠れ家という言葉に相応しい店だった。

メニューはドリンク類こそ豊富だが、あとは軽いつまみだけ。ウイスキーを三つ、ストレートでオーダーした。

雪江のグラスを、わたしたちのあいだに置いた。松井は指からリングを外した。シルバーのリングには細かな宝石がちりばめられ、中央でダイヤが眩《まばゆ》い光を放っている。見るからに高価そうで、車すらコンパクトタイプを選ぶ彼からは考えられない。

彼は儀式のようにそっと、雪江のグラスの前にリングを置いた。わたしは目で、リングの意味を尋ねる。

「まずは三人で、乾杯しましょう」

二人のグラスを、雪江にあわせた。

乾いた音がした。


「雪江先輩とは何度か、ここにきたんですよ」

「彼女、わたしにはなにも教えてくれなかったわ」

少し驚いて口にすると、松井はどこか得意げな顔をした。

二人、ほぼ同じペースでグラスを空けた。雪江のグラスから分けあい、それから違う銘柄を、また三つオーダーした。

新たなグラスを傾けたあと、松井はリングをそっとつまみ、琥珀色のランプに翳した。ダイヤが、朧《おぼろ》な輝きを放つ。

「去年の十二月、ここで雪江先輩にプロポーズしたんです」

そんなことがあったんだ……。

「指輪も用意したんです。でもその時は、いい先輩後輩でいようよって言われました。ただ、いつか振り向いてもらえたら。いや、振り向いてもらえる男になろうと。その時まで、指輪は持っているつもりだったんです。でも、彼女はいなくなって……」

リングを、指に戻した。

「売り払うのも気が咎めて、ボクの指にあうように作り直してもらったんです。ふだんはしません。ここにくる時だけ、こうやって」

松井は指のリングに視線を落としたまま、続けた。

「雪江先輩とは、どんなおつきあいだったんです」

「どんなって、食事をしてお酒を飲んで。うん、時々映画にも行ったわ」

「旅行とかはどうでした」

「わたしが出不精だから、一度だけね。近場で箱根にしたわ」

「羨ましいなあ。その時の写真、見せてくれませんか」

「ごめんね。わたしは昔から写真が苦手で。施設にいた頃も、撮られそうになると顔を隠したの。それは今も同じ。だから彼女との写真も一枚もないの」

「そうですか……」

松井は残念そうに呟くとスマホを触り、画面をわたしに向けた。

テーブルを挟んで座る、松井と雪江が映っていた。

「いつだったか、ここで撮った写真です」

松井の声が、どこか遠くに聞こえた。

アッシュブラウンの長い髪。ふっくらした頬と白い肌。コケティッシュな笑み……。

数ヵ月振りに見た雪江に、胸が震えるようだった。


グラスは四杯目になった。

「西澤さん、強いですね。なんか、酔っちゃった」

口調に乱れはないが、松井の顔はかなり赤らんでいる。水滴の浮いたグラスを、額に当てた。その手に、目がいった。

ハンドルを握る時もそうだったが、左手の小指が立っている。松井はわたしの視線に気づいたようだった。

「ああ、これですか。昔怪我をして、それから、うまく曲がらないんですよ」

自分の小指を眺めた。

「特に不自由はないけれど、カラオケでマイクを持った時、小指が立っているといやがる人がいるんですよね。いやらしいとか、かっこつけてるとか。だからカラオケのマイクは必ず右手で、心をこめて、握ります」

彼は酔いの回った目で、おどけてみせた。

「ところで、西澤さんはどんなお仕事を？」

わたしは応じる代わりに、首をかしげてみせた。

「フリー。ちょっと怖い仕事をしている。違います？」

悪戯っぽく覗き込む松井を、苦笑でかわした。

「株取引よ」

「デイ・トレーダーですか？」

「というほど、株価と睨めっこしているわけじゃないけれど」

「儲かるんですか？」

「難しい質問ね」

お代わり、いいかな。

わたしは空のグラスを上げてみせる。

「ボクは降参。西澤さんだけ、どうぞ」

わたしはまた異なる銘柄を、氷なしで注文した。

新たなグラスがわたしの前に置かれたのを見て、

「特別室で飲みましょう。いいですか？」

松井の声に、カウンターの男性は、心得たようにどうぞと告げ、バックバーの奥を覗いた。

それから、

「貸し切りです。足許にお気をつけください」と言い添えた。

バックバーの奥に隠し部屋でもあるのかと思いきや、松井は扉を指差した。わけが分からないまま、グラスを手に店の扉を出た。彼の手には、酔い覚ましのチェイサーがある。

階段をさらに上がりスチールの素っ気ない扉を開けると、建物の屋上に出た。

数段あるステップを下りて屋上に立つと、冷気が体を包み込む。

コンクリートの床。出入り口を兼ねた建物と貯水タンク、室外機といった器具があるだけで、がらんとしている。ただフェンス越しに、街の夜景を一望できた。近くに大きな建物がなく、思いのほか遠くまで一望できる。この眺めは、たしかに特別室だ。

「気持ちいいなあ」

松井はフェンスに背を預け、グラスの氷を揺らした。

「バックバーからなにが見えるのかと思っていたけれど、屋上だったのね」

松井は、グラスを持つ指を立てて一点に向けた。

「今下ってきたステップの横に、細長い嵌め殺しの窓があるんだけど、見えますかね。そこがバックバーの窓なんです」

「雪江とも、ここに上がったの？」

「ええ。飲んだあとは必ず。そうか、撃沈したプロポーズも、ここだったなあ」

彼は薬指のリングを眺めたあと、星のない夜空を見上げた。

雪江と松井。ここで肩を並べる二人の幻が、過ぎっていった。

四章

1

翌日、十一月最後の月曜。

午後を待って外に出た。かくれんぼだか鬼ごっこだか分からないが、とにかくゲームを再開する。弁当男、ボア男、中華まんはいうまでもないが、まだ把握していない第四、第五の追跡者の存在にも気を払った。駅に向かうあいだにすれ違った顔、ホーム上の顔、電車に乗りあわせた顔、すべてを頭に叩き込み、再度同じ顔を見た時には要注意のフラグを立てる。

四時間、ぶっ通しで観察を続けた。集中の連続のすえに得たのは、疲労と、なにもないという苛立ちだった。

カフェの奥まった席で三十分ほど、頭と体を休めた。

午後五時すぎ。この時間帯なら仕事もひと区切りついた頃だろうと、松井に電話を入れた。昨夜は結局、すべて彼に支払わせてしまった。その礼を言うと、明日の夜は空いているかと問われた。

(渋谷にオープンしたレストランに予約を入れていたんですが、一緒に行くはずだったプランナーが風邪で寝込んでしまったんです。つまりは代役をお願いする形で、申しわけないんですけれど)

松井の笑顔と恐縮する顔が浮かぶ。

「いいわ。ただし――」

ひとつだけ条件をつけた。

翌日も数時間街を歩いたが、結果はやはり空振りだった。時折、視線を感じる気もしたが、いざそちらに意識を向けるとなにもない。ナーバスになりすぎているのかもしれない。

渋谷に向かう際には、尾行の浄化として学んだ儀式を入念に行った。信号を渡り途中で引き返す。ふいに立ち止まる。電車から降りて再度乗り込む。車両をいくつも移動する……。身ぎれいにしたのち、約束の午後七時、渋谷のスペイン料理店で松井と向かいあった。

東急東横線の旧ホーム跡に建てられた複合施設の三階。案内されたのは窓際の特等席で、視線を遠くに向ければ再開発中の渋谷駅東口が、手前には新たに架け直されたロの字型の巨大歩道橋が見える。

八十近い席はすべて客で埋まっていた。流れているのはラテン系の陽気な音楽。バルセロナに本店があるパエリアが売りのシーフードレストランで、日本には今回初上陸。予約を取りにくい人気店のようだ。

「今、二軒目のレストランをプランニングしているんです。パエリアを看板メニューにしたいなと思っていたところ、本場からこの店がやってきたんです」

ネットの評判もいい。そこでプランナーと、一度味わってみようという話になった。

その代役となると、わたしには荷が重い。

「期待に添えるほど、舌に自信はないわよ」

「まずは雰囲気を摑めればいいので。それに客層を見ていると、プランナーとボクの男二人じゃあ浮きっぱなしだったでしょうね」

賑わう店内を眺めた。男女数人の若いグループ、女性同士、カップル。男性二人という組みあわせはたしかに見当たらない。

「あの……、なにかありました？」

松井が、探るような声になった。

「なにかって、なに？」

「いえ、客席のほうを睨んでいたみたいなので」

「このところ視力が落ちて、よく見ようとすると目つきが悪くなるみたい。気にしないで」

そんなふうにごまかしたが、要は今も意識の下でアンテナが働き、あたりを探っている。尾行があったところで、今日はきれいにまいているはずだ。少し、連中のことは忘れよう。

メニューに、目を落とした。

昨日、松井から誘われた際につけた条件はひとつ。

——わたしに払わせてくれるなら。

だから遠慮する必要もなく興味のあるメニューを選んで、大皿で提供されるパエリア、ムール貝のワイン蒸し、イベリコハムといった料理をビールとワインで楽しんだ。

彼の素性は、簡単にだが確認した。相手が誰であれ、一応の身元を確かめるのはルーティンのうち。ジュン・コーポレーション株式会社は間違いなく登記されていた。資本金三百万円のごく小さな会社だ。決算は非開示。複数の会社をマネージメントするホールディングで、田畑が言っていた通り、イタリアンレストラン、カフェ、食品問屋を傘下に持つ。傘下の店はM&Aというほどおおげさではないにしろ、どれも以前からあった会社なり店舗を買収し、手に入れたようだ。

気になったのは資金。施設で育った彼が、会社を買収する資金をどうやって調達したのか。そのあたりはネット情報、SNSからも読み取れなかった。

どこかのタイミングで訊ねてみようと思っていたのだが、彼の口はなめらかで、自分が歩んできた道を面白おかしく語った。

高校卒業とともに施設を出た彼は、従業員三十名ほどの食品問屋に営業として就職した。小さな会社ゆえ安月給だったが、上との距離が近いぶん、会社全体を体感できた。先輩にも恵まれ仕事のノウハウも短期間で習得し、ここで一生世話になってもいいかもしれないと思っていた。

ただ、施設から社会に出た後輩と話をすると、恵まれた者ばかりではなかった。施設で育ったゆえに感じる壁や冷たさに苦しむ者たちがいた。

しなくていい苦労、知らなくていい哀しみ。

手を差し伸べたかったのだが、自分にはなんの力もない。

「だから、力を持たなきゃならないと。そのためには人に使われるのでなく、たとえ小さくても一国一城の主になるんだと決めました」

社長は引き留めてくれたが、会社を去った。

「自分を追い込んだわけです。Burn one's bridges——橋を燃やして退路を断つ。背水の陣って奴です。でも会社の先輩からは、お前のやりかたは退路じゃなくて進路を燃やしたんじゃないかと言われて、うそっ？　って」

それが、入社から二年目に行った決断だった。それからはパチンコ屋に住み込みで働き、空いた時間に財務会計、経営学、マーケティングなどを独力で学んだ。そんな暮らしを続けるなか、俗にリーマンショックと呼ばれる世界規模の金融危機が発生、日本の株式は年間下落率四十二パーセントという過去最悪の数字に落ち込んだ。

「でも、なにも持っていないボクにはチャンスでした」

それまで貯めた金で株を買いに走った。そして二〇一三年、アベノミクスと円安で株が急騰したのを機に資金化し、念願の事業家の道を進み始めた。まずは多少なりとも知識のあった食品問屋を。次にレストラン、そしてカフェと一歩ずつ。

「振り返ると、すごく運がよかったのだと思っています」

「最初に就職した会社の社長さんも、今のあなたを見たら喜ぶんじゃない？」

「ええ。でもそれが……」

松井は少し言いよどんでから、続けた。

「三年前に、倒産してしまったんですよ」

たしか企業の倒産件数自体はリーマンショックの二〇〇八年がピークで、のちは減少しているはずだが。

「景気が上向いても、食の世界は基本、相変わらずのデフレです。しかもお客さんはホレっぽくて飽きやすい。この店だって目新しい今こそ繁盛していますが、これが五年十年続くかといえば」

松井は、険しい顔になって店を見渡した。その世界で飯を食っている彼には、わたしには見えない景色が見えているのだろう。

「食品問屋のように原材料を供給する会社は、納入先の飲食店が繁盛しないといい売上は望めない。でも世のなかはデフレと流行《はや》り廃《すた》り。あそこも、経営は苦しかったんだと思います」

「その社長さんには、会ったの？」

「会社を辞めたあとアルバイトで食べていたので決まりが悪く、結局最後まで」

心残りですけどね。

呟いた時、テーブルに置いた彼のスマホが振動した。

「ちょっとすいません」わたしに断ってスマホを手にし、長い指で画面を操作する。

そしてまたスマホをテーブルに置いた。

「仕事？」

「ええ、まあ」

「スマホがあると、いつも追いかけられるので大変ね」

「考えかたひとつですよ。ボクなんかスマホとパソコンさえあれば、どこにいてもいいんですから」

「毎日、決まったところに出社しているわけじゃないの？」

「どこでもオフィスですね。ジュン・コーポレーションというのは運営会社なんです。今のところ社員はボク一人で、傘下にレストラン、カフェ、問屋があり、それぞれに社長を置いています。彼らと目標と方向性をきちんと決めたうえで、日々の仕事は任せる。つまり、社長を委託しているわけです。もちろん、それに見あうだけのインセンティブは渡しているつもりです。ボクの取り分は減るけれど、それは彼らからボクの時間を買っているわけです。ボクはその時間で、新たなビジネスを考え、手を広げていく」

彼は、窓の外に視線を置いた。

「街もそうだけれど、これから社会はもっと早いスピードで変わっていきますよ。それに乗っていかないと」

彼の視線を追って、窓の外を見た。

今年九月に完成したばかりのこのビルは街の新名所のようで、歩道橋側から見上げ、スマホを向ける人たちがいる。サラリーマン、カップル、学生、自撮り棒を構えているのは海外からの旅行者。そのなかに、ひとりぽつんと立ち、まっすぐにこちらを見る男の姿があった。

ジーンズに黒ジャンパー。広い額に大きな目は――、
弁当男?

男は左の中指を立てると、肘を折り、ゆっくりと突き上げた。

Fuck you.

明らかに、わたしに向けた仕種だ。

つけられていた……。

背を、冷たいものが伝っていった。

距離はあるが、奴がにやついているのが分かる。

近くを通る人々が怪訝な表情を向けるのにもかまわず指を突き立てていた弁当男は、やがて足を引きずるようにわたしの視界から消えた。

「どうしました?」

声に、我に返った。

腰を浮かせたわたしを、松井が不思議そうに見ていた。

2

なぜ、なぜ、なぜ。

松井と別れたあと、頭のなかを疑問が駆け巡った。

どうして弁当男が、あの場に現れたのだ。弁当男であれボア男であれ、わたしがやった尾行浄化術をクリアできるはずがない。それとも奴らの仲間に、わたしでは及びもつかないプロがいるのか。

ひと晩考え、翌日は新大久保駅から山手線の外回りに乗り込んだ。電車という限られた空間。昼下がりという乗客が少ない時間帯。この条件下なら両隣の車両も含め、集中した観察が可能になる。あぶり出しを行うには最適だ。

東京駅に着いた時、同じ駅から車両に乗り込んだ男の姿がまだあった。新大久保から東京まで、山手線外回りで約三十分。新宿経由で中央線を使ったほうが時間としては早いが、乗り換えの煩わしさを考えると山手線ルートはありえる選択だ。ただ、ドアふたつ分の距離を隔てて立つ男は東京駅で降りず、有楽町、新橋と乗り続け、品川に至っても外を眺めたまま吊革に摑まり揺れていた。

年齢は四十歳ほど。グレーのスーツに紺のマフラー。手には薄い茶のバッグ。一見サラリーマンといった風情だが、なにげない立ち姿に柔らかな筋肉の存在が見て取れた。

PEEK-EYEで男を数枚、写真に収めた。五反田で下車し、改札口を抜けて都営地下鉄浅草線に向かう階段を降りた。同じ流れは十人ほど。男の姿もそのなかにあった。

ホームに下りて、やってきた成田空港行きに乗り込んだ。ドアが閉まる。男はこちらに背を向けホームに佇んでいる。電車は走り出し、男の姿は見えなくなった。

気にしすぎだったか。

車内に意識を移した。わたしとともに同じ車両に乗り込んだのは五人。隣の車両にも数人いたが、そちらまで充分に把握できていない。電車の最後部まで移動した。そこで数駅をやりすごし、一気に先頭車両まで動いた。同じような動きをする者はいない。日本橋で下車した。

カフェに入り、この数日隠し撮りした電車内の映像を確認した。昨日の映像、それなりに混みあったなかを人が降車していく。車内に残る者たちが動き、そこに――。

画面を止めた。上半身だけ映り込んだブルゾンの男。ちらりとしか顔は確認できないが、今日の男に似ていないか。

コマ送りで確かめていくと、ほんの一瞬、横顔があらわになった。

今日の、あの男だ。

悪寒が立ち上《のぼ》った。

わたしは昨日もつけられていたのだ。男はわたしの視界に入らないよう、つねに死角にひそんでいた。先ほど見た立ち姿から察するに、尾行以外の訓練も充分に積んでいるに違いない。

完全に敵の力を見誤っていた。弁当男が仲間のチンピラに声をかけた、というレベルではなく、男はなにがしかのプロだ。奴のバックにいる組織が動き出したのか。だとしても、あれほどのレベルの者まで抱えている組織なのか。

カフェを出て、気を配りながら歩いた。水を何杯も飲んだはずが、喉が渇いていた。

東京駅まで歩き、中央線に乗って新宿駅で降りた。

さすがにもうつけられてはいないだろうが、地下街を歩いてみた。店のウインドウを使って周囲に気を配った。ミラーのアプリを起動させたスマホで、後方を確認した。スマホの画面は、吸い込まれるように柱に身を寄せた影を捉えた。服装はグレーのスーツ。

男とは間違いなく五反田で別れている。それなのに、また？

カメラ機能をオンにして、スマホを握って歩いた。画面を前に向け少し自分のほうに角度を持たせた。ふつうなら床しか映らないが、PEEK-EYEで角度を調整し、後方を歩く人々が見えるようにした。

後方の雑踏を、あの男が歩いている。

都庁連絡通路の雑踏を進み、角を右に折れて身をひそめた。

五分ほど待ったが、男はやってこなかった。

こちらの目論見を察知されている。向こうのほうが役者が上か。

胸がざわついた。

汗を掻いていた。

「くそっ！」

声に出して吐き捨てた。

通りかかったサラリーマンが、驚いたようにわたしを見た。


そのあとも街を歩いたが、電車男の姿は二度と確認できなかった。

午後五時をすぎると、あたりのビルから吐き出されたサラリーマンや街に乗り込んでくる者たちで、新宿の混雑度は格段に増す。こうなると、尾行の察知などとてもではない。

西武新宿駅をかすめ、職安通りを渡った。自分の力のなさを突きつけられたようで、足が重い。ああいう奴らがわたしを囲んでいたのだ。その輪はいずれ狭まってくる。

角屋の前を通りかかると、シャッターが降りていた。もうそんな時間なのかとスマホの画面を確かめると、午後六時四十五分。閉店の午後七時半にはまだ早い。どうして？　近づいてみると、

――数日、お休みします。

と貼り紙があった。

店の二階が住居と聞いているが、明かりはついていない。店の向こう側に佇んでしばらく眺めたが、明かりの灯る様子はない。店の前に立ち止まって貼り紙を見つめる人の姿を、何度か見かけた。

店の電話にかけてみたが、呼び出し音が続くだけだった。知る限りにおいて、日曜の定休日と正月の三ヵ日以外、久子が店を休んだことはない。彼女は旅行にも行かず、いつも当たり前のように店を開けていた。

店の前にあるタバコと飲料の自販機の下で、小さなものが動いた。近づいていくと、琥珀色の目がこちらを見た。

コハクだ。

しゃがみ込むとコハクはわたしに歩み寄って、小さな声で鳴いた。頭を、背を、そっと撫でた。温かく柔らかな感触が、少しだけ心を落ち着かせてくれるようだった。

「ねえコハク。おばちゃん、どうしたの」

なにか伝えようというのか、ふだんは愛想を振りまくでもないコハクが、わたしを見上げては声を上げる。そのうち、わたしの手をペロペロと舐め始めた。

「待っててね」と声をかけ、近くのコンビニに入った。キャットフードの缶詰と紙皿を手に戻ると、コハクは同じところに蹲っていた。キャットフードを皿に開け、コハクの前に置いた。的外れだろうかという思いもあったが、コハクは待ちかねた様子で一心に食べ始めた。

「おばちゃん、なにもないといいけれど」

食事を終え、口の周りをぺろりと舐めたコハクを、また撫でた。

部屋に戻ってからも、貼り紙が頭を離れなかった。

——数日、お休みします。

まさか、仕事を続けていく気力をなくしてしまったのか。

二階の住居で沈んだ心を抱え込む久子が浮かんで、胸が切なくなる。

そこに弁当男や電車男の影が過ぎり、今度は焦燥が募っていく。

スマホに不正アプリを仕込まれていないか、隅から隅まで確かめた。位置情報も間違いなくオフになっている。そもそも外出先では一時も手放さず、街のＷｉ‐Ｆｉは拾わないよう設定している。自分のケーブル以外で充電はしない。当然他人に触らせもしない。知らぬうちに不正アプリを組み込まれた可能性はまずゼロに近い。

ただ五反田でいったん離れた電車男は、数時間後、新宿でわたしをつけていた。発信器の類いの力を借りたのでなければ、チームでわたしを追っている。しかも、わたしには理解できないフォーメーションを組んでいる。

弁当男が中指を突き立てに現れたのは、奴なりのメッセージだったのか。アマチュアからプロに相手が変わった。観念しろ、と。

電車男は昨日、わたしの視界に入らないポジションに巧みに位置していた。それに比べ今日はあまりにも無防備だった。油断だったのか。それともわざと姿を見せつけて、わたしに恐怖を植えつけようとしたのか。奴らは遠からず、本気で牙を剥いてくるのかも。

まんじりともせず、ベッドで寝返りを繰り返した。眠りに落ちたのは明け方に近かった。

3

昼近く、もう一度角屋に向かった。

コハクの姿はない。店のシャッターは降りたままで、貼り紙が冬の弱々しい陽を受けている。

所在なく佇んでいると、「久子さん、心配よね」と声がかかった。

角屋で見かけたことのある老婆が、スーパーの袋を手に立っていた。

「おばちゃん、なにかあったんですか」

「風邪なんだって。昨日、お医者から戻ってきたところでばったり会ったんだけど。喉はガラガラだし熱もあるみたいで。久子さん、風邪なんて引いたことない人だったのにさ。なんかこのところ、めっきり小っちゃくなっちゃったようだしね」

老婆は、店の二階を仰いだ。

「わたしたちの世代は終戦のゴタゴタのなか生まれて、ひもじい思いをして、それでもコツコツ生きてきたんだよ。そのすえに、あの詐欺でしょ。そりゃあ落ち込むよねえ」

自分も哀しそうな老婆にかける言葉もなく、礼を言って別れた。

電車に乗った。街を歩いた。今日もあらゆる人の姿を焼きつけて、つきあわせる。あの連中を探す。カフェで、映像を確認する。

なにもない……。

これはこれで、心理的なプレッシャーが大きい。

わたしが気づけていないだけか。新たな仕掛けの用意で姿を見せないのか。精神的に追い込むため、わざと放置しているのか。

苛立ちが募る。

だがこれも、向こうの思う壺か。

重い心を抱え、夕刻、メゾン・ヒラタに戻ると、管理人室の前で平田が女性と立ち話をしていた。女はスリムジーンズに革ジャケット。高い背丈に加えミドルヒールの靴を履いているので、向かいあう平田が随分小さく見える。軽く会釈し脇を抜けようとしたところを「ああっ、ちょっといいですかね」と平田に呼び止められた。

「こちらね、記者さんでして」

「こんにちは、黒原《くろはら》と申します」

女は唇を引いて、親しげな笑みを作った。はっきりした顔立ちに、意志の強さを感じさせる目。年齢はわたしより十ばかりも上だろうか。長い指で差し出された名刺には、フリーランスライターの肩書きと黒原澪《みお》の名があった。

「隣のビルの詐欺グループが先月逮捕された件で、平田さんにお話をお聞きしていたところなんです。どういう経緯で逮捕に至ったのかが今ひとつ不明で、その点を調べています。逮捕騒ぎの前後で、なにか気になったことはありませんか？」

黒原は、手のＩＣレコーダーをさりげなくわたしに向けた。なにも話すつもりはない。相手にする余裕もない。首をかしげ、「さあ。風邪気味なので、ごめんなさい」口許を抑えてくぐもった声を作り、二人から離れた。

部屋に戻り、黒原の名刺をゴミ箱に捨てかけ、思い留まりテーブルに投げた。

翌日も電車に乗った。このところの防刃シャツに加え、首に防刃マフラーを巻いた。ドア脇に立ち、すべてを観察する。わたしの緊張を嗤うかのようになにごとも起きず、十一月最後の一日は静かにすぎていった。

4

十二月初日。クリスマスを控えた土曜の賑わいを考え、部屋に閉じこもった。

軽くウエイトをこなし、シャドーに切り替えた。反応力を磨き、襲われた時に備えて防御と反撃を繰り返す。ホームから落とされた際に打った肩は、すでに完治している。

最後に瞑想して、呼吸と心を落ち着けた。湧き上がる雑念をひとつひとつ消し、無になるように試みる。

休息ののち、外に出た。ファストフード店でかなり遅いランチを取ってから、角屋に足を向けた。やはりシャッターは降りている。多少でも売上になるよう、自販機でタバコを二箱買った。店を離れようとした時、コハクがどこからか姿を現した。わたしを見上げこのあいだのように鳴く姿は、どうやら、おねだりらしい。

分かったわ。

コンビニで前回と同じ缶詰を買って、彼女に与えた。

「おばちゃんは、ちゃんとご飯食べてるの？」

するとコハクはわたしを仰ぎ、小さな鳴き声で応える。

「まさか、部屋で倒れてはいないよね」

食事をきれいに平らげたコハクは、こちらの心配をよそに大きなあくびをすると、物陰に消えてしまった。

陽が傾きかけた大久保通りを歩いた。

コンビニのドアが開き、あら、と声がかかった。

驚いた顔の黒原だった。

「突然ごめんなさいね。迷惑だったでしょ」

結局わたしは、黒原と向かいあった。台詞こそごめんなさいだが、ここに至るまでの迫りかたは強《したた》かで見事だった。一方的ではなく話を誘い、聞くようでいて自分の言葉をふわりと被せる。しかも、思わぬ角度から巧みに。

講談社の新刊

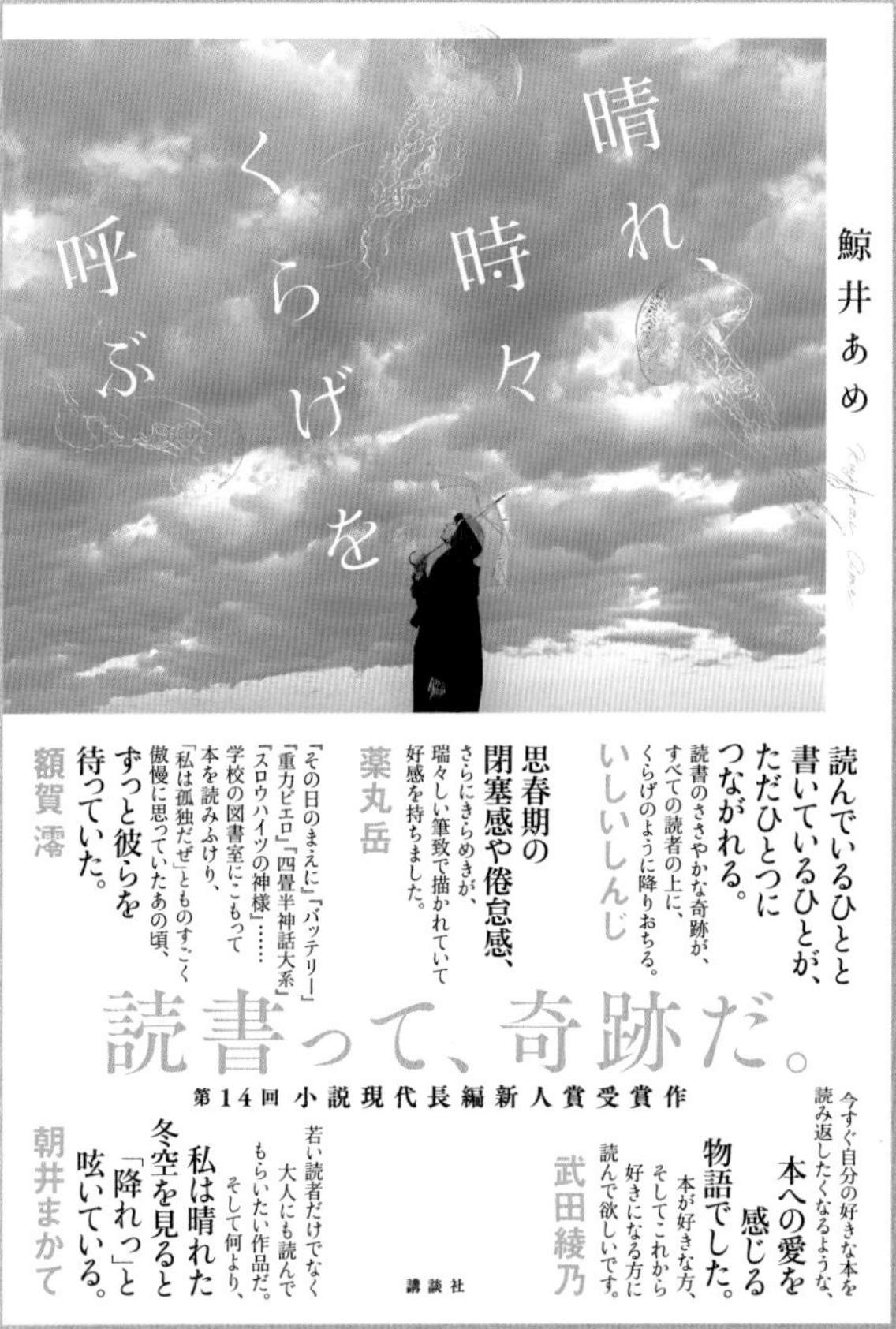

晴れ、時々くらげを呼ぶ
鯨井あめ
読んでいるひとと書いているひとが、ただひとつにつながれる。
読書のささやかな奇跡が、すべての読者の上に、くらげのように降りおちる。
いしいしんじ
思春期の閉塞感や倦怠感、
さらにきらめきが、瑞々しい筆致で描かれていて好感を持ちました。
薬丸岳
「その日のまえに」「バッテリー」「重力ピエロ」「四畳半神話大系」「スロウハイツの神様」……学校の図書室にこもって本を読みふけり、「私は孤独だぜ」とものすごく傲慢に思っていたあの頃、
ずっと彼らを待っていた。
額賀澪
読書って、奇跡だ。
第14回 小説現代長編新人賞受賞作
今すぐ自分の好きな本を読み返したくなるような、
本への愛を感じる物語でした。
本が好きな方、そしてこれから好きになる方に読んで欲しいです。
武田綾乃
若い読者だけでなく大人にも読んでもらいたい作品だ。そして何より、
私は晴れた冬空を見ると「降れっ」と呟いている。
朝井まかて
講談社

ISBN:978-4-06-519474-4　定価：本体1300円（税別）

届け、物語の力。

あらすじ

高校二年生の越前亨《えちぜんとおる》は母と二人暮らし。父親が遺した本を一冊ずつ読み進めている。亨は、売れない作家で、最後まで家族に迷惑をかけながら死んだ父親のある言葉に、ずっと囚われている。

図書委員になった彼は、後輩の小崎優子《こさきゆこ》と出会う。彼女は毎日、屋上でクラゲ乞いをしている。雨乞いのように両手を広げて空を仰いで、「クラゲよ、降ってこい！」と叫ぶ、いわゆる、“不思議ちゃん”だ。

クラゲを呼ぼうと奮闘する彼女を冷めた目で見ながら亨は日常をこなす。

八月のある日、亨は小崎が泣いているところを見かける。そしてその日の真夜中——街にクラゲが降った。

物語には夏目漱石から、伊坂幸太郎、朝井リョウ、
森見登美彦、宮沢賢治、湊かなえ、村上春樹と、
様々な小説のタイトルが登場します。
この理不尽な世界に対抗しようとする若い彼ら、彼女ら、
そしてかつての私たちの物語です。

弁が立つ、口がうまい、といった経験則で積み上げた話術というより、交渉を有利に進めるセオリーを学んでいるように思えた。

どういう女か、興味が湧いた。

三十分と時間を区切り、次回の約束に持ち込まれないよう貸し借りなしの自費で、バータイムが始まったばかりのカフェに入った。百席ほどある店は夜更け頃には満杯となるのだが、この時間帯はまだ空席が目立つ。店の照明はカフェタイムよりも絞られ、落ち着いた雰囲気を演出している。流れているのはクリスマスソングだ。

おのおのレジで購入した飲み物を手に、背の高い小さなテーブルを挟んで向かいあった。明かりを落としたなかで改めて見る黒原は、宝塚の男役が似合いそうな男前だった。強い眉、くっきりした瞳、引き締まった口許、パーツ自体が持つ固い印象を、明るめのブラウンに染めた髪がほどよく和らげている。

形だけグラスをあわせた。彼女はビール、わたしはウイスキーのストレート。ビールの容器は、細く背の高いピルスナーグラス。ウイスキーグラスにも凝った細やかなカットが刻まれている。いずれも女性客の受けを意識したものだろう。

「もう、風邪のほうはいいの？」

「まあ、おかげさまで」

「クールで、素敵な声ね」

謎めいた言葉に視線を向ける。黒原はわたしの視線を受け止めたまま、ビールを口にした。

「喫煙室のほうがよかったかしら」

「いえ、どうしてです」

「さっきポケットに入れたの、タバコじゃなかった？」

「吸います？」

わたしはひと箱取り出して、テーブルに置いた。黒原は首を横に振り、

「今のうちに止めたほうがいいわよ。あなた若いからまだいいけれど、わたしくらいの歳になると肌に出るようになるから」

よけいなアドバイスに、わたしは曖昧に頷いてみせた。

「西澤さんは、長くあのビルにお住まいなんですってね」

「どうして、わたしの名前を」

一昨日も今日も、わたしは、彼女に名乗ってはいない。

「平田さんからお聞きしたの。商売柄、そういう記憶力はいいほうよ」

黒原は長い指で、蟀谷《こめかみ》のあたりをトントンと突いてみせた。ネイルを施しているが、爪は短い。

「あそこ、住み心地はいい？」

「今回みたいな騒ぎがなければ」

「怖いものね」

「そのうえ、警察やマスコミで煩わしい」

皮肉が通じていないはずはないだろうが、黒原は真剣な顔で白々しく頷き、同意を示す。肩のあたりで切り揃えた髪が、柔らかく揺れた。

「黒原さんは、どこにお住まいなんですか」

「三軒茶屋よ。オフィス兼自宅。築二十年くらいの古いワンルーム。ライターなんて収入が知れているから」

彼女は、名刺に記されていた住所の最寄り駅を告げた。

「今日も取材ですか？」

「そう。情報不足で困っているの」

表情豊かに告げると、頬杖をついた。

「あなた、平田さんと一緒に、詐欺グループの人間を見ているんでしょ。なにか思い当たることはない？」

「見たといっても、ほんの一瞬でしたから」

そう言ってからウイスキーを口に運んだ。黒原は深いため息を吐いた。

「どうやら警察に匿名のタレコミがあって、あの連中の存在が発覚したようなの」

「その人物を探しているんですか」

「オレオレ詐欺キラー。そのくらいまで踏み込まないと、読み応えもないでしょ」

「大変そうですね。どこの雑誌に載るんですか」

黒原は、そこそこ名の知れた雑誌を告げた。

「締め切りはいつなんです？」

「来週一杯かな。粘ればもう少し時間をもらえるかもしれないけれど。でも、いい原稿ができなければボツ。その分は、タダ働きね」

不満そうに、少し唇を尖らせた。

「失礼ですけれど、ライターという仕事で暮らしていけるんですか」

「なんとかね。先々の保証はないけれど」

わたしはスマホで、ライター・黒原澪で検索をかけた。ヒットしたのは十件ほど。

「ああ、それをされると胸が痛む」

彼女もスマホを手にし、長い指で画面を操った。

「名前の出る仕事は少ないのよ。ネットの読み飛ばし記事が半分でしょ、通販の提灯記事が三割でしょ」

画面をタップし黒原がぼやくなか、わたしはウイスキーを飲み干した。

「ところであなたはどんなお仕事を？」

「ネットで株取引を」

「へえ、それって儲かるの？」

「女が独りで寂しく暮らしていく分には、なんとか」

「じゃあ、一日中パソコンの前に張りついているの？」

「そんな時も。ただ、負けが込んで苛ついた時には、気晴らしに山手線に乗ってグルグルと」

彼女の表情は動かない。

「ねえあなた、ああいう老人や弱者を騙す詐欺、どう思う？」

「褒められた話ではないですね」

「消極的な意見ね」

探るような、それでいて挑発するような言いかたに、わたしはタバコに指を置いた。

「このあいだ、大久保のタバコ屋の老婆が詐欺に遭い、なけなしの金を奪われました。老後のわずかな蓄えを盗られた辛さはもちろんだけど、受け子がタバコを買ってくれる客のような子にしか見えなかった。そんな子が詐欺をやるのかと哀しんでいるんです。挙げ句に店を畳もうとまで……」

わたしは挑むように一気に喋り、言葉の内になにを感じたのか、黒原はほっと息を吐いてから小さく微笑んだ。

「あなたって、優しいんだ」

わたしは、タバコを摑んだ。

「すいません、お役に立てず。そろそろ戻ります」

立ち上がった拍子にテーブルが揺れ、ピルスナーグラスが傾いた。黒原は無駄のない動作で素早くグラスを摑み――、驚いたようにわたしを見た。

「ごめんなさい」

黒原はなにも言わず、わたしを見ている。

「すごい反射神経ですね」

わたしは、自分のグラスを手に席を離れた。背に、黒原の強い目を感じた。

カフェで黒原を検索してみせたが、予《あらかじ》め調べていた。

名前がクレジットされない記事や通販の紹介文、企業のパンフレット文の作成など、ライターの仕事は一部の大物を除いて雑食にならざるを得ないと聞いた覚えがある。

少しでも名前を売って仕事に繋げていきたい境遇であるはずが、黒原澪の名でＳＮＳの登録はなかった。彼女を調べた時に浮かんだ疑問は少しも晴れず、むしろ怪しさを増した。彼女の話術や観察眼は仕事柄と無理やり理解するにしても、倒れかけたグラスを摑んだ反射神経とボクシングのジャブを思わせる無駄のないフォームは、ライターという稼業に必要なものではない。

タバコをゴミ箱に捨て、考えた。

鉢合わせするように、黒原はコンビニから出てきた。過去に仕事で、幾度も偶然を演出してきたわたしは、ああいう偶然を信じない。目論見は不明だが、彼女はわたしを待ち伏せた。

ただ、こちらも気づいているぞと釘は刺した。彼女はわたしのメッセージを理解したはずだ。

夜ともなるとさすがに冷え、今季初めてエアコンのスイッチを入れた。埃っぽい臭いとともに風が吹き出してきた。

空腹を覚えた。どこかで夕食をすませるつもりだったのだが、黒原と店に入り、タイミングを逃してしまった。

また、あの女の顔が浮かぶ。

どこかで見たような目をしている。

そんな気がしたが、その先は訪れなかった。

すべての歯車が狂っているようで、なんだか、むしゃくしゃした。スマホに手が伸びた。自分に疎ましさを覚えつつ、指は止まらない。

「マユ、きています？　じゃあ、八時半で……」

改めて、外に出た。

池袋に向かい、カフェに入ってコーヒーとサンドイッチを取った。店の奥に、仕切られた喫煙室が見える。禁煙席に座る自分が少し不思議だった。アウェイ側にいるような、妙な疎外感を覚える。改めてタバコを吸いたいとも思わないが、こちらに座ってなんになるのか。なにも変えられず、きっかけになればとタバコを手放してはみたものの、結局なにも変わってなどいない。

ギリギリまで時間を潰してから、ＬＩＬＹ＆ＣＡＴに入った。

マユを抱き、そのあと二人して店を出た。バータイムのカフェで、食事をともにした。

店を出たマユが腕を絡め、顔を寄せてきた。

これも、いつもの気怠いルーティン。頬にキスし、それから唇にキスをした。

土曜の夜、薄暗い地下街の雑踏のなか、こんな二人に目を留める者はいない。だが、項《うなじ》のあたりに感じたものがあった。

たとえるなら、薄い羽根で、そっとひと撫でされたような感覚。

振り返った時、それはもう消えていた。

なにも知らぬマユが「行こう」と囁く。

腕を組み、歩いた。項に感じたものは、もうやってこない。

いつもの場所でマユと別れ、また歩いた。立ち止まり、急ぎ、向きを変え、と試したが、反応を示す者はいない。

気のせい。あるいは、女同士のカップルに、たまたま目を留めた通行人だったか。

いまひとつ納得できない答えで片づけて、ＪＲの改札を抜けた。

五章

1

週明け、午前から街に出た。尾行をまく儀式を挟んで、調布へ向かった。

雪江の遺骨を預けた寺は、調布駅から車で十分ほどのところにある。猫の額ほどの墓地を持つ小さな寺だ。午後二時、調布駅で車の松井と落ちあった。

「このあいだはすいませんでした。こっちが誘ったのに出費をさせてしまって」

挨拶代わりに言われて浮かんだのは、店の雰囲気でも食事でもなく、中指を突き立てた弁当男の姿だった。あの時、一緒にいた松井を見られていることが、少し気になる。今後、妙なとばっちりが彼に向かわなければいいが。

雪江を納めた白木の箱を前に、小さな本堂で経を上げてもらった。焼香し、手をあわせた。

彼がきてくれて、嬉しい？

小さな箱に納まってしまった雪江に、そっと、語りかけた。

今日の松井は、濃紺のスーツにグレーのタイ。長いあいだ手をあわせていた彼は、雪江になにを語りかけていたのだろう。

住職に礼を述べ、寺をあとにした。駅に戻る途中にあるファミレスに入った。

午後四時すぎ。中途半端な時間帯の店内には、数えるほどの客しかいない。メニューを手に近づいてきた店員が、禁煙喫煙の希望を訊いてくる。

松井が口を開きかけたのに、

「喫煙で」と告げた。

コーヒーをオーダーして、四人用のソファー席にゆったりと座った。

穏やかな日和だが、すでに外は薄暗い。もうそんな季節なのだと改めて思う。

「おかげさまで、胸のつかえが下りたようです」

「本当は土日がよかったんだろうけど。月曜の法事なんて大変だったんじゃない？」

「いえ。仕事は午前中に片づけましたから。それに、これはボクにとって最優先事項です」

松井はネクタイを外すと丁寧に折りたたみ、スーツのポケットに入れた。それから電子タバコをテーブルに置いた。

「よく、ボクが吸うって分かりましたね」

たしかに彼は今までわたしの前でタバコは控えている。でも、

「服から少し、タバコの匂いがしたから」

彼はスティックをセットし、

「すいません、吸わせてもらいます」とわたしに断りを入れて、電子タバコを口にした。

「ストレスで止められないいんですよ。ふつうのタバコから、なんとか電子タバコには変えたんですけど。姉さんは、止めたんですか」

姉さん？

「雪江先輩から、たしかヘビースモーカーだと」

「止めたわ」

「羨ましい。意志が強いんだ」

彼が吐き出す煙に、久子の面影が過ぎった。彼女は今日、店を開けたのだろうか、それとも。

「どうかしました？」

松井が、わたしの沈黙を訝った。

「ちょっとね、タバコで思い出したことがあって」

わたしはなんとなく流れで、久子の一件を語った。彼女の哀しみ。受け子の映像。特徴のホクロ。松井は何度も頷きながら、わたしの話に耳を傾けた。

「防犯カメラに男は映っていたんですね。それって、なんとか犯人を割り出せないのかなあ」

「でも、すごく粗い画像なの。パソコンに詳しい知りあいに、画像を鮮明にできないか相談したんだけれど」

ふた月近く前、博多の黄にこの件で連絡を入れた。

――奈美さん、スパイ映画の観すぎね。

電話口で、黄は笑った。

たしかにわたしは、ぼやけた映像がデジタル処理で鮮明になっていくシーンをイメージしていたのだが、黄いわく、ノイズの除去程度は可能だが、粗いドット自体を鮮明にする技術は世に存在しない。

わたしが示した受け子の画像を見て、松井も同様の内容を語った。

「二年くらい前ですけど、srezというソフトが公開されました。ＡＩのディープラーニングで粗い写真をきれいにする技術ですが、要はＡＩが推測しているわけで、実物通りになるとは限らないんです」

わたしの理解が追いついていないのを見て取ったか、松井は続ける。

「ＡＩは統計です。個々の特徴は考えていない。だから受け子のその写真を読み込ませたところで、唇の下にホクロは現れません。それより――」

松井は、少し考えた。

「男の特徴を指定して、ネットに上がっている写真を集めてみたらどうです。それをタバコ屋のおばちゃんに見てもらえば、なにかイメージが摑めるんじゃないかな。うまく組みあわせれば、モンタージュくらいは作成できるかも」

でも、それを作ったところで警察は動いてくれない。

「ネットで情報を募るのはどうです？　寄付型のクラウドファンディングで何百万円というお金が集まる時代です。共感さえ呼べば、ネットの力は侮れません。まずはモンタージュを作るため、その男に似た特徴の人物の写真を探しますよ。じつはこういうの得意なんです。雪江先輩直伝ですから」

「でもあなた、忙しい体でしょ。そのアイディアだけですごく助かった。あとは友人に頼んでみる」

すると松井は、子供のように不服そうな顔をした。

「ボクはのけ者ですか？　時間なら全然。このあいだお話ししたじゃないですか。ボクの時間は比較的自由なんです」

「あらあなた、弟のくせにお姉さんの言うこと、聞けないの？」

上から目線で言ってみると、松井は返す言葉につまったようだった。


調布駅まで、送ってもらった。

――じゃあ姉さん、近いうちにまた。

別れ際、松井はそう言って手を挙げた。

姉さん……。

少しこそばゆさを覚える言葉を、胸から消した。

大久保に戻った時には午後六時を回り、街はすでに夜の顔に変わっていた。

角屋に向かってみた。

店に明かりがついている。

自分でも気づかないうちに溜めていた息を、ほっと吐いた。

見慣れたはずの光景だが、自分の心のなかにまで少し明かりが灯ったようだった。

店内には久子と同世代の女性が二人。久子を囲んで楽しそうに話し込んでいる。一人は先週、久子が風邪を引いて寝込んでいると教えてくれた老婆だ。あのなかに世代の違うわたしが混じるのは気が引けた。久子が店を開けたなら、それでいい。踵を返した。


韓国、中国、中東と、雑多な文化が混在する大久保通りだが、この時期だけは歩調をあわせたようにクリスマスのディスプレイが店を飾り、クリスマスソングが流れてくる。鈴の音、温かな歌声、柔らかなハーモニー。

わたしは背を向けて、足早に通りすぎる。通りを左に折れて、薄暗い私道を歩いた。エレベーターで五階に昇り部屋に戻った。

明かりをつけると、殺風景な部屋が浮かび上がった。冷えきった部屋に、クリスマスを思わせるものはなにもない。コートを羽織ったまま、暖房をつけた。

子供の頃、クリスマスがきらいだった。

ツリー、ケーキ、ご馳走、プレゼント。テレビに映し出されるクリスマスの団らん風景。施設でもクリスマスのイベントはあったが、テレビのクリスマスとは違っていた。

なにが違うのか、あの頃は漠然としていたが、幼いわたしがテレビのなかに感じたのは家庭の温かさだった。そんなものはもう求めてもいないが、あの時分の感情は刷り込まれたまま、今になっても変わっていない。

黄に電話を入れた。まずは互いの近況を少し。こちらに戻ってくるのはクリスマスのあとになるらしい。声からすると元気にやっているようだ。クラシカルなクルーカットに大きな瞳、穏やかな笑顔に人の好さが滲み出る彼は、どこに行っても愛される。わたしのほうが、奈美さんどこか元気ない？　と気づかわれた。

「ねえ、お願いがあるの」

用件を話した。

——奈美さんのためなら、よかい、よかとよ。

黄は面倒がるふうでもなく、にわか覚えの博多弁で引き受けてくれた。

「悪いけどお願い。戻ったら慰労会してあげるから。急がないけれど、できるだけ早く」

（あー、懐かしい。その言いかた、奈美さんだ）と笑われた。

電話を終えた。すると部屋の静けさが耳に痛い。ユーチューブで音楽を選び、天井に吊したスピーカーで再生した。

夕食を食べにいくのもなんだか億劫《おっくう》で、今日も宅配のピザを頼んだ。フレッシュモッツァレラのマルゲリータをLサイズで。当然、一度には食べきれず、明日の朝だか昼もこれになる。冷蔵庫から缶ビールを取り出した。三十分とかからず運ばれてきたピザを、ダイニングの椅子に座り、膝を抱えて食べた。

いつしかユーチューブはクリスマスソングを流していた。ピザで汚れた指を紙で拭いてから、曲を変えた。クリスマスとはできるだけ距離を置きたい。あの温かさが心に染みると、こうして生きていることがなおさら色あせてくる。

いやがらせのように、音楽はまたクリスマスソングに変わった。ユーチューブを切った。しんとした部屋で、ピザを食べた。

2

いろいろな夢を見たようだった。眠りが浅く、なかなかベッドから出る気になれなかった。もっとも、穏やかな眠りに就いた記憶はない。

今も昔も、いつだって、うなされていた気がする。代わる代わる、さまざまなものに。

ダイニングテーブルに移動してコーヒーを口にしたのは、昼すぎだった。

あくびをしながら、ふと思った。電車男はこの寒空のなか、閉じこもったままのわたしにじりじりしているだろうか。

だとしたら、少し小気味いい。

昨夜のピザの残りに栄養ゼリーとサプリを摂った。ストレッチで体をほぐし、加圧シャツに着替えた。メニューはシャドーオンリー。二分動き三十秒のインターバルで、パンチのみ、ガードからパンチ、パンチと膝、パンチと関節蹴り、とパターンを変え、ステップとバランスを意識して十セット。

呼吸を整えながら、鏡を見た。

鏡のなかの自分と目があう。

過《よ》ぎったものがあった。どこかで見たような目……。当たり前だ、自分の目だ。

いや。

記憶の頁《ページ》をたぐる手が、あるところでぴたりと止まった。

バータイムの薄暗いカフェで、黒原澪がこちらを見ている。

目許になんの類似があるわけではない。輪郭が似ているわけでもない。ただ、人が辿ってきた人生は、目が語る。言葉は虚飾で装うが、目は偽らない。たとえば、人を殺《あや》めた者に宿る冥い光。姑息な嘘を重ねた者が代償としてまとっていく濁り……。

あの女の目は、わたしに似ていた。

では、あの女の目は、わたしの目は、なにを語っているのか。

いや、いや、いや、

わたしたちの目は、どんな人生を語っているのか。

汗が引き体が冷えていくなか、わたしは、わたしたちの目と対峙した。

陽が暮れた頃、久子の店に向かった。

近づき、つまずくように足を止めた。

シャッターが閉まっている。二階にも明かりは灯っていない。

昨日店を開けたのに、どうして。

呆然と佇むなか、スマホにメールの着信があった。


近所のネパール料理店で、アルコール類は抜きでカレーのセットを頼んだ。できあがりを待つあいだ、スマホを確かめる。先ほどのメールは松井からだった。

昨日のお礼の言葉ののち、二十代男性、痩せ型、唇の右下のホクロを条件にネット上の写真を検索したと、ファイルが添付されていた。

若く痩せた男性の顔写真が、ずらりと並んでいる。すべてで六十枚近くあった。

お礼のメールを返してから、データをパソコン用のアドレスに転送した。手早く食事を終えて部屋に戻る。パソコンを開くと、黄からもメールが届いていた。

3

翌日、いったん電車に乗ってみたものの、ムダな努力をしているような思いが湧き切り上げた。ボア男レベルならまだしも、電車男相手にどう頑張ったところで、逆に尾行して情報を得るなど至難の業だ。しかも向こうは一人ではない。わたしに可能なのは、周囲に気を配り襲撃に備える。その程度だと悟った。

大久保に戻った。歩き慣れた路を進む。角屋は開いているのか、閉まっているのか。確かめるのが少し怖い。店が近づいた。

シャッターが開き、軒先でタバコを吸うサラリーマンの姿がある。昨日またシャッターが降りていた分、いつものなにげない風景に、体の力が抜けていくような安堵を覚えた。

店の扉を開けた。

「あら、こんにちは」

こちらの心配も知らず。といっても、頼まれもしないのにこっちが勝手に心配していただけなのだが、久子の声は少し弾んで明るさが戻っている。

「しばらく休むって貼り紙を見て、ずっと心配していたのよ」

「ごめんごめん。このところ寒暖差が激しいでしょう。風邪を引いちゃって寝込んでたのよ」

「一昨日店を開けたでしょ。どうして昨日は休んでたの？」

「違うの。昨日は早めに閉めただけ。どうしてもコハクに予防注射させなきゃと、無理やり連れていったのよ」

久子の口調は、なにかを隠しているようでもない。どうやらわたしが勝手に悪いほうへ考えていただけのようだ。数日店を閉め、体のみならず心の休養にもなったのか、久子に以前の元気さが戻っている。対してコハクは店の隅に蹲っていた。

「注射されてから拗ねてんのよ。あたしに騙されたと思ってるんじゃない？」

まあ、すぐに機嫌は直るからと笑う久子から、いつものタバコを二箱買った。

「本当はね、あたし、頭から布団被って、このまま店なんか辞めちゃおうかと思っていたの」

胸を突かれるような言葉だったが、久子の声は明るい。

「でもまあ仕方ないと重い気持ちで店を開けたんだけどさ、一昨日、すらっとした女の人がきたのよ」

話の先行きが読めないわたしに、久子はレジ下の物入れから、一枚の名刺を取り出した。

フリーランスライター　黒原澪

「あたしがオレオレ詐欺に遭ったことを西澤さんから聞いた。ぜひとも話を聞かせて欲しいって。お友だち？　優しい人ね。ほら、あの紙」

と久子はわたしの後方を指差した。店の中央に置いた商品棚に、紙片が三十枚ほど挟み込まれ並んでいる。

「いちばん手前が、黒原さんが書いてくれたものなの」

という声に、棚に近づいてみた。

——角のおばちゃん、詐欺に負けずお店を続けてね。角屋がいつまでも、町の安らぎの場でありますように。黒原タバコの空箱を破ったものに美しい筆跡で、その言葉は記されていた。彼女に続きメッセージが並んでいる。どれも黒原に倣ったように、タバコの空き箱の裏に想いを記している。

「お客さんたちが、ああやって、どんどん……。そんな辛いことがあったんだね、とか、応援しているから、とか」

彼女の目は潤み、声は少し震えていた。

こんな励ましかた、わたしは思いもつかなかった。

黒原の顔が浮かんだ。感謝と悔しさが複雑に混じりあう。

足許を撫でられる感覚に下を見ると、コハクがすり寄っている。抱き上げて、カウンターに乗せた。

「そうだ、おばちゃんが元気になったところで、見て欲しかったものがあるの」

ポケットからスマホを出した。

「パソコンに詳しい友人に頼んで、唇の右下にホクロを持つ男の写真をネットから拾ってもらったの。それを参考にして、ホクロ男のモンタージュ写真を作ってみない？」

昨日、松井と黄から送られてきた写真は、すべてで百三十枚ほど。重複したものと、監視カメラに映った姿とは明らかに輪郭が異なるものを除き、八十枚まで絞った。

尻込みする彼女に、その写真を見せていった。コハクがさも分かったような顔で久子の横から覗き込む。どれも二十代という感じの男性で、顔はすっとした痩せ型。唇の右下にホクロがある。最初はさほど乗り気でもなかった久子だが、眺めていくにつれて熱心さが増していく。

「なんだかこうして写真を見ていると、あの男の子を思い出していくようで不思議だね」

そんなことも呟いてから、
この人は、全然違う。うーん、なんとも。少し似ているけど、目はこんなじゃなかったような……。

久子がひと目で否定したのが、ほぼ半分。それを弾いて、もう一度見ていく。それを幾度か繰り返して、最後に残した十人の写真から、顔の輪郭、目、鼻、口のイメージを絞り込んだ。それとは別にネットで髪型を見てもらい、いちばん雰囲気の近いものを選んだ。

これをもとに、いくつかモンタージュを作り、改めて確認してもらおう。モンタージュは黄、情報を募るホームページは弟のほうに力を借りようか。

スマホをしまいかけたところで、久子が声を上げた。

「ねえ、奈美さん。もう一回、さっきの写真いいかい？」

最後まで残した十枚を一枚一枚眺めては、久子は記憶をたぐるように目を閉じる。

「これと、これと、これって……、なんだかすごくあの子に似ているような。でも、違うかなあ」

言って、首をかしげた。

久子の反応に思うところがあった。

店を出た足で、黄に電話をかけた。

「もしもし。悪いけど、今夜時間取れない？　例のモンタージュなんだけど」

4

黄に無理やり時間を作らせ、午後九時、ダイニングテーブルに置いたパソコンでネット電話を繋いだ。パソコン画面に映し出された黄は元気そうだった。食事も美味しいのか、頬がいくらかふっくらしたようだ。少し世間話をしていると、黄は怪訝そうな顔をした。

「奈美さんのそれ、なに？　ウーロン茶？」

テーブルに映り込んだ飲み物の缶を、わたしは持ち上げてみせた。

「そう。これから大事な仕事だから」

報酬は発生しないが、今のわたしにとってこれは仕事。

さっそく、本題に入った。

「顔写真、ありがとう。今日、あなたに探してもらった写真とわたしが探した写真を、あわせて見てもらったの」

松井が探したとなると話が長くなる。割愛するためそこは自分の仕事として、久子が最後まで残した十枚の写真を示し、掲載されていたサイトと人物の特定を頼んだ。

「モンタージュじゃなくなったの？」

方針転換を、黄は訝った。

「そちらも進めるつもりだけれど、一応ね」

対象は十人。秘かな本命は、久子が首をかしげた三人だ。いずれもアゴの線がすっきりした細面《ほそおもて》で、印象はいわゆる草食系。

黄に言われ、まずは十人の写真をメールで送った。

「ボクが探したのが七人、奈美さんのが三人ね」

うち本命は、黄に二人。わたしというか松井のリストから一人だ。

黄の指示にしたがい、彼の手許にある画面がわたしのパソコンに映し出されるようにした。

写真からサイトを辿り、名前もしくはハンドルを探す。記載がない時には関連するサイトやその人物の他の写真を探し、改めて辿る。名前だけでなく住所も重要な情報だ。都市圏から離れたところに住んでいるなら、わざわざ東京で受け子をやるというのは現実性に欠ける。

黄の手際はいい。速さも量も、わたしの目では追いきれない。次々と表示されていくサイトは魔法を見るかのようだった。しかも黄が見ている情報は、これがすべてではない。彼は二台のモニターを駆使し、必要と思われる情報だけ、わたしと共有したほうに表示させている。

だが、手際と成果はまた別もの。なかなか個人の特定や情報入手までは至らなかった。データにハッキングを仕掛けるわけではなく、ウェブ上に散らばる情報を探して個人に結びつけるのだから、たしかに容易な業ではない。

数人は、なんとか身元が分かった。和歌山、鳥取、博多といった地方が三人。都内の人間もいたが、こちらの写真は十年以上も前のものだった。

そこまでくるのに、すでに一時間が経過している。

「だんだん、コツ分かってきたね」

途中から黄は完全に作業に没頭し、無駄口もきかなくなった。彼のマイクから、キーボードを打つ音が絶えず聞こえる。わたしも彼の手前、二本目のウーロン茶を少しだけ傾ける。

やがて、キーボードを叩く音が止まった。

「これ、見える？」

デスクトップの中央に、モノクロの顔写真が現れた。

たしか黄が探してくれた写真で、久子が最後の候補に挙げた一人だ。

黄は呟いた。

「この人、先月に亡くなってるみたい……」

六章

1

黄が指摘したのは、細面で整った顔立ちをした若者だった。微笑んだ顔に、どこか気の弱さが透けて見える。

その画像はネットに残ったキャッシュで、『池谷大和。二月の蟬時雨』の文字と出典元のアドレスがある。リンクは切れていたが、黄がＵＲＬのドメインからサイトを表示させると、『夜霧のジョニー』という劇団の公式ホームページが現れた。

サイトのお知らせに、

研修生池谷大和（いけたにやまと）さんが、十一月二十三日、お亡くなりになりました。池

谷さんは、当劇団の定期公演『二月の蟬時雨』『東京太郎のＤＮＡ』の二作に参加されました。謹んで、哀悼の意を表します。

とある。黄が「亡くなってるみたい」と告げたのは、その文言からだった。

黄とサイトを隅から隅まで探したが、池谷の写真はない。

池谷大和の名で検索をかけてもらうと、十一月二十四日づけで短い記事があった。

二十三日未明、世田谷区北沢の公園で若い男性が首を吊っているのを通行人が発見、病院に搬送され死亡が確認された。警察によると、男性は近所に住むアルバイト池谷大和（25）さん。遺書のようなものが残され争った形跡もないことから、警察は自殺とみて捜査を進めている。

続報記事はない。ほかにヒットしたのは、演劇の出演者リストにクレジットされた彼の名前程度だ。

突っ込んで調べる価値はある。わたしはそっと、フラグを立てた。

黄はそのあとも残る写真の主を調べてくれたが、これといった情報は出てこなかった。

遅くまでつきあわせた礼を言い、接続を切ったのは午前零時すぎだった。

しんとした部屋で、もう一度池谷大和を検索した。ＳＮＳも探したが、池谷の名で見当たるものはない。年齢からしてアカウントのひとつふたつは持っているはずだが、ハンドルネームで登録しているのだろう。

ユーチューブで『二月の蟬時雨』『東京太郎のＤＮＡ』を検索した。『二月の蟬時雨』の映像が上がっていた。公式ではなく観客が勝手に上げたようで、アングルは客席から。時折画面がブレる。長さも十分ほどでしかない。

時計の内部を拡大したような機械仕掛けの壁に枯れた蔦が絡みついた舞台。演劇特有の張りあげた声。次々切り替わる場面に池谷らしき姿は確認できなかったが、最後のほうで作品のパンフレットが映し出された。

ペラペラで、売りものではなく入場者に配布されたのだろう。ありがたいことにパンフレットの頁がめくられ始めた。画面を止め、ときに戻し、内容を読み込んでいった。劇団長ご挨拶、ストーリー概要、劇団幹部紹介ののち、出演者の後ろのほうに街の若者Ｂとして研修生池谷大和の名と写真があった。黄がネットから探し出した写真と同じものだ。動画の投稿者が劇団の他の映像も載せていないかリストを確認したが、そちらは空振りだった。

劇団『夜霧のジョニー』を検索した。劇団を主宰する劇団長はジョニー武司《たけし》。演劇の世界はまったく知らないが、聞き覚えのある名前だった。

簡単にだが、ウィキペディアにジョニー武司のページがあった。本名を武田雅司《たけだまさし》。大阪府出身の五十二歳。高校卒業とともに役者を志して上京、当時代々木にあった劇団『屋形船《やかたぶね》』に所属。テレビ、映画に出演し人気を博したが、大物俳優と揉めたすえに干され、演劇界に戻り劇団『夜霧のジョニー』を立ち上げた。

もう一度ユーチューブに戻って、ジョニーの映像を見た。ハーフのように彫りの深い顔。若い頃は精悍そうだが、歳を取るにつれシャープさが薄れ、胡乱な雰囲気を漂わせる顔に変わっている。

ネット検索をかけると、演技を絶賛する声とともに、彼の言動が引き起こした事件、問題がいくつも出てきた。過去には同じ劇団の睦見太郎《むつみたろう》という男と詐欺の片棒を担ぎ、執行猶予つきながら有罪判決も受けている。演技、演出面での実力はあるようだが、高慢、独善的な性格というネガティブな評も多い。

胸に湧くものがあった。

直感の類いではあるが、原田の許で仕事をするなか身につき、磨かれていったもの。

つまり、さらに探ってみる必要がある。

2

眠りについたのは、明け方近かった。昼前に目覚め、その場で名刺を作ってくれる店をネットで検索した。紙袋に入れた三台のプリペイド携帯を、トレーニングルームのクローゼットから取り出した。これは電話とメールしかできないが、維持費は年間一万円にも満たない。仕事の際に新たな電話を必要とする場合があり、手元にストックしていた。放っておくと期限がきて自動解約になるのだが、まだ二台が使用可能だった。

一応、尾行をまく儀式を行い、十五分で印刷十枚から可能という店に飛び込んで、林田佳子で名刺を二十枚用意した。以前、高円寺に用意した隠れ家で使用していた名だ。電話番号とメールは、プリペイド携帯のものにした。

そのうえで、井の頭線の東松原駅に向かった。

劇団『夜霧のジョニー』のスタジオは、駅から北へ五分ほど歩いた住宅街の一角、四階建てビルの地下にあった。わたしが住む雑居ビルもかなりの年代ものだが、一見しただけでそのうえを行く建造物だ。近年多発する大地震を受けて建物の耐震基準は大幅に見直され、のしかかる補強コストに平田が悲鳴を上げていたのを覚えている。外壁にいくつも亀裂が走るビルは、マメに手を入れているようにも思えない。

午後五時すぎ。ジーンズやジャンパーという格好でバッグを抱えた若い男女が、ぽつぽつスタジオに入っていく。パンフレットに載っていた顔もいくつかあった。劇団の公式サイトにあった稽古時間は、午後六時から九時。

駅前にある古びた喫茶店に潜り込み、稽古が終わる頃まで時間を潰した。のち、改めてスタジオのある路地に戻った。冬の風が吹きつけるなかしばらく待っていると、稽古を終えた者たちが何人か出てきた。四人ひとかたまりになって駅へ歩く男女に目をつけて、あとを追った。皆、亡くなった池谷と同世代の若者たちだ。駅前には数軒、居酒屋がある。そこに入るかと期待したが、四人は井の頭線の改札を通りホームに向かった。

少し落胆し、それでも、あとをつけた。吉祥寺行きの各停に乗り込んだ四人は次の明大前で下車し、揃って改札を出ると駅裏の居酒屋チェーンに消えていった。一人二、三千円の予算で足りる店だ。少しあいだを置いて店に入ると、威勢のいい店員の声に迎えられた。

待ちあわせをしている。もう一人くる、と告げ、四人が座るテーブル近くのカウンター席を希望した。ビールと軽いツマミを頼み、背で聞こえる声に耳を傾ける。百席近い店内は七割方が埋まっている。ほとんどが学生客で騒がしく、四人の会話などなにひとつとして聞き取れない。

四人をそっと観察した。

こちらを向いて座っている女性の片方に見覚えがある。スマホで、昨日閲覧したパンフレットをもう一度確認した。吉村《よしむら》ちはる。役名はマリ。あらすじに一応、名前が現れる役どころだ。

スマホを手に席を立ち、数分、時間を潰した。それからカウンターに戻り、さも手持ち無沙汰げに店内を見回したあと、彼らに近づいた。

「あの、もしかして夜霧のジョニーの劇団の人ですか?」と声をかけた。

こんな言葉で、彼らの輪に入った。

——どこかで見た人だと、店に入ったときに気になった。演劇という言葉が聞こえ、芝居好きの友人と『二月の蝉時雨』を観た時、そこに出ていた人ではないかと思い当たった。じつはここで人と待ちあわせしていたのだが、振られてしまった。独りで飲むのは寂しいので、少しだけ仲間に入れてもらえないだろうか。

すでにアルコールが入っていたからか、自分たちを劇団員と知って声をかけてきたことが嬉しかったのか、四人とも警戒するようでもなく、快くわたしを迎え入れてくれた。

男性は足立《あだち》、もう一人が根津《ねづ》。女性は吉村と小暮《こぐれ》。わたしは自分の名を適当に告げた。

ボロが出てもまずいので、演劇鑑賞の経験はあとにもさきにも『二月の蟬時雨』だけとした。機械仕掛けの壁を置いた舞台が印象的で、映画と異なり不思議な空間だったと差し障りない感想に留め、もっぱら話を振り、聞く側に回った。どうして演劇を志したのか。劇団ではどんな稽古をしているのか。生活は大変ではないのか。まずは皆の口をなめらかにするように心がける。

ふだんはこんな雑談の相手をする気になれないが、目的があると苦痛には感じない。彼らが話しやすいように、それなりに愛想よく振る舞える。

彼らは皆、劇団の研修生だった。正式な劇団員ではなく、月二万円の研修費を納め、月曜から金曜の毎日、スタジオで行われる稽古に参加する資格を得ている。

「でも、バイトもしなくちゃいけないんで、稽古に出られるのは週三回くらいっすよ」

根津が、ぼやく。

「あたしはこの頃、少しイヤになってる。研修費だけでも大変なのに、カンパしないと幹部連中に睨まれるし」

「カンパってなに？」わたしは小暮に聞き返した。

「うちのスタジオ、ぼろっぼろでどうしようもないんですよ。更衣室も壁が剝がれかけてて、このあいだ根津に着替えを覗かれたし」

「覗いてねえよ。見えちゃっただけだ」根津が慌てる。

「でも、あたしのパンツ見たよね」

「黒だった」と根津が笑い、

「黒なんて穿いてねえし」と小暮がすごむ。

「ねえ、カンパで更衣室を直すわけ？」

わたしは、話の流れを修正した。

「そんなに簡単な話じゃなくて。ビル自体を取り壊すらしいんです。それで立ち退き話が出ていて。どこか新しいところに移らないといけないけど、劇団にそんなお金はないらしいんです」

あのビルならば頷ける話だし、劇団の金回りというのも多分そんなところだろう。

「オレらのスタジオは東松原にあるんだけど、駅の近くで飲んでるのが幹部に見つかると、そんな金があるならカンパしろとイヤミ言われるんで。だから今日も、わざわざここまで足を伸ばしたんです」

「特にお玉がうるさいのよね」

「そうそう、お玉」

皆、うんざりした顔で頷きあう。

「お玉ってなに？」

「くそつまらねえ脚本しか書けない、劇団マネージャーの玉川《たまがわ》さんでーす」

根津が、辛辣な言葉で応えた。

「なんでジョニーさんがお気に入りなのかマジ分かんねえし」

小暮の言葉に、三人が幾度も頷く。

「ただこの頃、なんだか忙しそうだよな。それこそ新しいスタジオの話で飛び回ってるのかな」

「そのプレッシャー？　最近いつにも増してあいつ不機嫌じゃない。ヨッシー、なにか聞いてない？」

「なんでわたしが知ってるわけ？」

小暮に話を振られた吉村は眉間にシワを寄せ、迷惑そうな顔でカシスサワーを口にした。

「だってこのなかじゃいちばんの事情通じゃん。あたしと違って古い先輩の受けだっていいし」

「コグレも笑顔ではいはいって言ってれば、受けよくなるわよ」

「ムリムリムリ。それができれば苦労しないって。そんなことより、なんか聞いてんならゲロしちゃいなよ」

「そうそう。ここだけの話って奴は、みんなに広めるためにあるんだからよ」

「勘弁してよ。なにも聞いてないって」

吉村は箸で唐揚げを摑み、そういえばと小暮に向けた。

「お玉なら、あんたこそスーツ姿でいるところを見たって言ってたじゃない」

ああ、と小暮は思い出したように頷き、根津と足立が驚いたようにどこでの話だと食いついた。たかだかスーツで驚くことが、わたしにとっては驚きだ。

「井の頭線のなか。あんな格好初めて見たからびっくりしちゃった」

「なんでそんな格好してんのか訊いたか？」

「誰が。シカトしたわ。あたし、お玉きらいだもの。それに、いかにもうだつの上がらないダメセールスマンって感じで、マイナスオーラ伝染《うつ》りそうだったし」

「いやそのコメント、絶対《ぜってぇ》悪意が入ってるって」

「だってきらいなんだもん。あいつ、才能ないのに威張りちらすじゃん。口開けば的外れなことばっか言うし。自慢タラタラの脚本だって本当に意味分かんないし」

「このあいだ幹部の先輩も、お玉の脚本には苦笑いしてた。劇団にいた人でいちばん鋭い脚本《ほん》を書いたのは、やっぱり睦見さんらしいな。演出もツボを心得ていたって」

足立の口から、かつてジョニーと詐欺に加担した男の名が出てきたのには、内心驚いた。

「俺も昔の脚本借りて読んだけど、たしかに説得力あった。お玉とは全然違うよ。でもあの人、これで、これだろう？」

根津は両手首を自分の前であわせてから、頬に指を走らせた。

「まあ、劇団にはもう関係ない人だ」

部外者のわたしを気にしたか、足立はこの話題を閉じようとしたようだが、小暮がこじ開けた。

「でも一年くらい前かな、その人のことスタジオで見たわよ。金髪で、なんかやばい空気プンプン」

「止しなさいよそんな話。なんだかすいません」

吉村が小暮を窘め、わたしに小さく頭を下げた。

「いいのいいの、わたし、じつを言うとそういうチョイ悪男って好みなの。ねえ、かっこよかった？」

わたしはそんな言葉で、話を誘導した。

「ダメダメダメ。止めておいたほうがいいですよ。ピアスにネックレス、ブレスレットジャラジャラの悪趣味。いい歳したおっさんがやる格好かっつうの」

小暮は顔をしかめて吐き捨てた。

「たしかに睦見さんの脚本を評価した先輩も、才能はあったけどああなったらおしまいだって吐き捨てていたものなあ。演劇人の風上にも置けない奴だって」

「でもでもその先輩って、もしかしてAじゃない？」

小暮は指で、宙に何度もAを描いた。

「でしょでしょ？　このあいだA酔っ払って路上のチャリに乗って、お巡りに職質されて捕まってんの」

「もう、うちってそんな人ばっかかなの？」

吉村が嘆く。

「皆、なんだか大変ね。いいわ、今日はわたしがご馳走してあげる」

言ってみると、四人は歓声を上げた。

酒とツマミの追加をオーダーした。

「遠慮しないでこれも頼んだら？　これきっと美味しいから食べてみようよ。グラス空きそうだけど生ビールでいいの？　違うものにする？」

わたしはあれこれ勧め、彼らの雰囲気もさらにほぐれてくる。

頃合を見て、パンフレットの記憶を頼りに「たしかあなたも、このあいだの劇に出ていなかった？」と、足立に訊ねてみた。

「えっ、嬉しい。端役なのに覚えていてくれたんですか」

「なんとなくだけど。じつはね、可愛い男の子が記憶に残ってるの。名前も昔の彼と同じだったし。なんとか大和くん。彼も研修生？　よかったら、今度一緒に飲みたいな」

皆、酔いが醒めたように顔を見あわせた。わたしは、どうしたの？　というふうに、四人を眺め回した。

「池谷大和、ですよね」

探るような根津の声に、そんな名前だったかもと頷いてみせた。

「もしかして、彼、辞めたの？」

「いや、そうじゃなくて、あいつ、このあいだ……、自殺を」

わたしはしばらく絶句してみせ、それから、どうして？　と呟いた。

「足立、お前がいちばん仲良かっただろう？」

根津に振られた形の足立が、皆の視線に慌てた。

「いや、オレもよくは……」

言葉を濁して、ビールを口にした。少しのあいだ、皆、黙り込む。やがて足立が暗い天井を見上げ、口を開いた。

「ただささ、今思えば最後に一緒に飲んだ時、なんか落ち込んでいたんだよな」

「それって、いつ頃？」

わたしが訊きたかったことを、吉村が口にしてくれた。

「亡くなる十日くらい前かな」

「そのこと、彼のご両親には？」

「一緒に飲んだことは話したけど、気の毒でさ、へんなことは言えなかったよ」

「下手したら、ジョニーさん訴えられるかもしれないもんな」

「おいっ！」

根津の軽口を足立が強い声で諌め、気まずい空気が四人に流れた。わたしは軽く眉を上げて、どういうこと？　と促してみた。

「ジョニーさん、大和クンをなんとか育てようと、厳しいレッスンを課していたんです」

吉村が、言葉を選ぶように語った。

「大和クンも必死でそれに食らいついていたようだったし。なによりも彼、ジョニーさんを本当に尊敬していたんで」

「ただ、悩んでいたような雰囲気は、たしかにあったのかな」

小暮が、ぽつりと口を挟んだ。

「髪も切っちゃって、もしかしたら演劇に見切りつけて就職でも考えていたのかな」

「いや、あいつからは役作りって聞いたぞ」

根津が、小暮の言葉を否定した。

「なに言ってんの。そんな役の予定なんかないでしょ？」

「俺に言うなよ、俺に。お前はすぐそうやって人を責める。黒いパンツなんか穿いてるからそうなるんだ」

「だからあたしは黒いのなんか穿いてねえし」

彼らの話は、本当に右に左に逸れる。

わたしはスマホで夜霧のジョニーのサイトを立ち上げ、眺める振りをした。

「本当だ。サイトに追悼文が載ってる。なんだかショック。どんな子だったの？」

彼らの口から出てきたのは、真面目、気弱、おとなしい、というもので、写真から受けたイメージとほぼ似通っていた。わたしは痛ましげな表情で、彼らの言葉に耳を傾けた。

「オレ、バイトを休んで研修生代表で葬儀に出たんですよ。あいつの実家は秋田の田舎町で、いろいろ近所の目があるらしくて。だから、こっちでひっそりと葬儀をすませることにしたみたいで」

足立はスマホを開き、その時の写真を見せてくれた。斎場の入り口。池谷大和儀葬儀式場と記された立看板。劇団名が書かれた供花。質素な祭壇で微笑む大和の写真は、ネットのキャッシュで見たものと同じだった。次に、手帳の切れ端のようなものを写した一枚が現れた。

乱れた文字で、

ごめんなさい

とある。

足立は慌てた様子でスワイプし、葬儀の写真に戻した。

「今のは？」

「いや……、大和が亡くなった時、持っていたメモらしいんです」

つまり、彼の遺書……。

「ちょっとそれ、見せてよ」

吉村の言葉にも、足立はそそくさとスマホをしまった。

「いやこれ、大和のお袋さんに見せてもらったんだけど。なんだか気になって、そっと撮ったんだ。頼むから、今のは忘れてくれ」

「なにが気になったの？」

吉村に問われた足立は少し考えてから、口を開いた。

「いや。ごめんなさい、って、なにがあったのかなって。あいつ几帳面だから、字はすごくきれいだった。だからなおさら、あの乱れかたがな。どんな気持ちであれを書いたのかと思うとさ」

呟きのように消えた足立の言葉に、皆、静かになった。

「なんかごめんね。わたしがあれこれ訊くから」

わたしは、そんな言葉で沈黙を埋めてみた。いいえ、と呟く者。小さくだが、首を横に振る者。そんななか、空気を変えるように、足立が大きく息を吐いた。

「まあ、あいつが、あんなことになるなんて思ってもいなかったし、劇団の人たちもショックだったみたいで」

「うん。あれから、なんとなく雰囲気悪いよね」

吉村が、応じる。

「えっ、マジ？」

不思議そうな顔をした根津に、足立は呆れ顔を向けた。

「お前なあ。このあいだもジョニーさんと先輩たち、大揉めしてただろう」

「昭和のあの人たちって我《が》が強《つえ》えから、衝突なんて昨日今日始まったことじゃねえだろう」

「揉めた原因って大和のことだぞ。劇団のホームページに大和の追悼文を出しただろう」

「それならあたしも見たけどさ、あれでどうして揉めるの？」

「あれも、渋るジョニーさんを数人の先輩が説き伏せて出させたんだ。先輩たち、追悼文とあわせて写真くらい載せるのが当然だろうと。でもジョニーさんは必要ないって」

「それで大ゲンカ？　大人げねえ奴ら。どっちでもいいじゃん」

小暮が吐き捨てる。

「まあな。でも、写真を載せたところで金がかかるわけでもない。悪い話というわけでもないのにな」

「ジョニーさんって、へんなところ拘るものね。そうそう、ホームページに載せていた過去の公演のパンフレット、あれだって急に公演名だけにしちゃったじゃない。リニューアルと言いながらすっかり忘れたようで、それから先はいじってないんだもの」

「端役とはいえパンフレットには自分の名前と顔が載ってるんだから、あれはちょっと嬉しかったもんなあ」

「それってなんだか残念ね。いつ頃のこと？」

気にかかるやりとりに、わたしは口を挟んだ。

「九月くらいですかね。オレたちにはともかく劇団員にも相談なく、いつもジョニーさんとお玉が二人でこそこそと」

それから話は、ジョニーと玉川への不満に移っていった。いくつか話を振ってみたが、池谷大和のなにが出てくるでもなかった。

3

研修生から得た情報は三つ。

まず劇団は、移転問題を抱え金に困っている。次に、劇団ホームページに池谷大和の顔写真の掲載をジョニーが頑なに拒否し、出演者の顔写真が載ったパンフレットもリニューアルという理由で削除している。最後に、池谷は突然髪型をリクルーターのようにした。

仮説として、ジョニーは今のスタジオから立ち退きを迫られ、移転資金に困りオレオレ詐欺に手を染めた。過去に逮捕歴があるとはいえ、どうして短絡的に詐欺を考えたのかは不明だ。金を作るために、いきなりそこに発想が飛ぶとも思えない。詐欺に手を染めていた人間でも身近にいたのか。いずれにしろ主犯はジョニー。そこに玉川あたりもからみ、おとなしい大和は目をつけられ利用された。大和は仕方なくしたがったが、良心の呵責に耐えかねて自殺した。大和の顔写真をホームページに載せるのを頑なに拒んでいるのは、万一にもその写真から大和が受け子であった事実が知れ、捜査の手が伸びるのを怖れている。大和が髪型を変えた際、劇団仲間に語った〝役作り〟とは、暗に受け子を指していた。そう考えれば一応の話が繋がる。

ごめんなさい。大和が亡くなった際に持っていたというメモの文字がちらついた。

翌日の午前、小雨のなか、世田谷・八幡山の大宅壮一文庫に向かった。七十八万冊もの雑誌を所有し細かな索引を持つこの私設図書館は、ネットに情報が溢れるようになった今も独自の価値を持っている。年間利用者は約九万人。九割がマスコミ関係者という話もある。わたしは過去の仕事の際、案件にかかわる事象や人物の過去を知るために、幾度か足を運んでいた。

十四万人をリスト化したという人名検索だけあって、ジョニー武司の名に三百件以上の記事がヒットした。すべてを丁寧に閲覧していくとなると数日はかかる。主立った記事をピックアップし、数時間かけて目を通していった。

記事はおおよそ四つに大別できた。一九九〇年あたりのものは、人気上昇中のジョニー武司を扱っている。大阪から単身上京。小さな劇団に入り演技の勉強をするが、食いつめてテレビのオーディションに応募。オーディションには落ちたがプロデューサーの目に留まり、端役でデビューをはたす。短い出番ながら鋭いルックスと存在感のある演技が視聴者に強い印象を残し、ドラマから映画まで活躍の場を広げつつあるというサクセスストーリー扱いだ。

次が一九九二年、連続テレビドラマで彼の演じる刑事がクール中盤に不可解な死を遂げた一件。これには、主役を務めた大物俳優とジョニーが、演技を巡り衝突したことが背景にあった。大物俳優は、業界常識の序列を無視したジョニーの振る舞いに激怒し、スタッフに共演NGを突きつけた。ジョニーが出演する限り自分は番組を降りると、撮影をボイコット。一方のジョニーは、スタッフの説得にも大御所に頭を下げることを拒否。やむなく、ジョニーが殉職するようにシナリオが書き換えられた。ジョニーは必然性の欠片もないストーリー変更だと異を唱え、次期ドラマでいい役を回すという囁きにも耳を貸さず、殉職シーンの撮影を頑なに拒否した。

結局彼が演じる刑事は、ストーリーとはなんの関係もない交通事故で死亡。肝心の事故シーンすらなく、次回以降、彼の存在が忘れられた形でドラマは進んだ。そこそこの視聴率で進んでいたドラマは、皮肉なことにジョニーが死んだ回に最高視聴率を記録。しかしこれはトラブルを嗅ぎつけたメディアが面白おかしく取り上げた効果でしかなく、それ以上のサプライズを提供できなかったドラマは深夜番組なみの低視聴率に落ち込み、ひっそり終了した。大物俳優にとっては面目丸潰れの苦々しいドラマであったようで、今に至るまで再放送もビデオ化もされず、封印作品扱いになっている。この件でジョニーは業界から干され、彼のほうも三行半を叩きつける形で演劇の世界に戻っている。劇団『夜霧のジョニー』の旗揚げを扱った記事もいくつかあった。

三つ目が、一九九九年に起きた詐欺恐喝事件だ。

バブル崩壊後も濡れ手で粟の金儲けが忘れられない者たちは、架空の儲け話をでっち上げた。これもそのひとつで、誰もが知る大手未上場企業の株式を譲渡するというものだ。主犯格は無登録の投資顧問業者。つまり客を騙すために形だけ用意した会社だ。ジョニーはそこの広告塔になり、契約の場面にも同席して手数料を得ていた。投資案件に疑問を覚え解約を申し出た会社役員を脅した容疑で、ジョニーは劇団演出家睦見太郎とともに逮捕された。睦見は有罪判決を受け刑務所に服役し、ジョニーにも執行猶予つきながら有罪の判決がおりている。

ジョニーには暴行容疑で二度の逮捕歴があることもこの一件で明らかになり、記事はどれも彼を叩き、かつてのスター候補から転落した顛末を伝えていた。記事のなかには小さくだが、睦見の写真もあった。髪の頭頂部を尖らせ眉の端が吊り上がった、目つきの鋭い男だった。現在は金髪にピアスという姿も、この写真から考えていくと頷ける。

執行猶予つきとはいえジョニーが有罪判決を受け、ただでさえ苦しい劇団の経営は傾いた。

潰れそうになったジョニーに手を差し伸べたのが、エステ業界大手ＭＩＴＡＨＡＲＡの女社長三田原悦子《みたはらえつこ》だった。彼女にかかわるものが、四つ目の記事だ。

自分一人で立ち上げた小さなエステサロンを二十年ほどで大手に成長させた彼女は生涯独身を貫き、妖艶なルックス、年齢を感じさせないプロポーション、独特の話術、豪華な暮らし振りで、自らが広告塔としてマスコミに顔を売っていた。

その三田原の海外視察に同行するジョニーの姿を、写真週刊誌がすっぱ抜いた。ジョニーとＭＩＴＡＨＡＲＡが契約を交わした記録はなく、個人的なアドバイザーの一人、という三田原の言葉も残っていた。この時期のジョニーは週刊誌の言葉を借りるなら〝都内の高級マンションに住み、夜な夜な六本木で豪遊する姿が目撃されている〟らしい。どこまで事実かはともかく、三田原というパトロンを得て、金銭面に余裕ができたことは間違いないようだ。この頃『夜霧のジョニー』は札幌、東京、大阪、博多の大きな劇場で幾度か公演を行っている。どこも満員札止めだったが、実際にはＭＩＴＡＨＡＲＡに所属するエステティシャンにチケットの厳しい販売ノルマが課せられたらしい。

ただそれも二〇〇八年、三田原の死で終焉を迎える。当時業界四位、二百十二億円の売上を計上しながら四年間赤字続きだったＭＩＴＡＨＡＲＡは、顧客に対する高額な年間契約や強引な美容用品販売、店舗家賃の未払い、エステティシャンへ給与遅配の挙げ句、不渡り手形を出して倒産した。

雲隠れした三田原は二ヵ月後、山梨山中で遺体で発見された。警察は自殺と発表したが、Ｍ

ITAHARAの金の流れは不透明で、裏社会との繋がりも噂され、証拠隠滅のため消されたのではないかという話も飛び交った。その不透明な金の一部はジョニーにも流れていたという噂も立った。

それ以降、彼の名はマスコミの口にのぼっていない。

ジョニーに近づくことにした。

4

面会を申し込んだところで色よい返事が得られるとも限らない。用意したライターという肩書きも、今の彼には警戒を呼び起こすだけだろう。つまりは、押しかけるしかない。

大宅文庫を出たその足で、東松原のスタジオに向かった。夕刻になれば、昨夜居酒屋で話を聞いた四人のいずれかが稽古にやってくるかもしれない。彼らとの鉢あわせは避けたかった。すでに雨は上がっている。傘は折り畳んで手に持った。コートのポケットに突っ込みたいところだが、すでにスタンガンと催涙スプレーを忍ばせている。

東松原は静かな住宅地だ。高い塀に囲まれた豪邸。新築のデザイナーズハウス。古い家もリノベーションされ、古民家的な洒落た風合いで街に溶け込んでいる。そんな流れから取り残されたようなあのビルは、たしかに建て替え時だろう。

地下に向かう階段の横には、『ビルの前では静かに』『劇団員はこのあたりでおしゃべり厳禁』『飲食喫煙禁止』と貼り紙がある。

壁に、天井に、隙間なく公演のポスターが貼られた暗い階段を下りていった。地下は劇団にすべて貸しているようだが、このアングラ感満載のディスプレイは、わたしが建物の持ち主なら文句のひとつやふたつ言っているところだ。

急な階段を二十ほど下ると、右に劇団名が書かれたスチールのドアがある。ノックすると、安っぽい音がした。返事はない。もう一度ノックしてからドアノブを捻る。鍵はかかっておらず、ドアを引いてみた。

耳障りな軋み音とともに、奥行きで十メートル、幅四メートルほどの薄暗いスタジオが現れた。床は板張りで、壁にはダンススタジオのように大きな鏡がある。手前に事務机と椅子が置かれているが、人の姿はない。

「こんにちは」

地下特有の湿った空気のなか、声を上げること二度三度、しばらくしてスタジオ奥のドアが開き、男が顔を出した。

「どちらさまですか」

ドアを半開きにその場に立ち、見咎めるような視線を向けたのは、ユーチューブ上のパンフレットで見た覚えのある五十絡みの男だった。昨日の研修生たちがお玉と呼んでいた玉川豊《ゆたか》だ。プロフィール欄には元役者で、現在は脚本家兼劇団マネージャーと記されていた。ザンバラ髪の細面、顔色は悪い。羽織った黒いダウンジャケットは厚手でデザインが古い。劇団マネージャーという肩書きながらこの男に愛想のよさはなく、見知らぬ訪問者を警戒している。

わたしは林田佳子の名と、ライターであることを告げた。

「ジョニー武司さんはいらっしゃいますでしょうか。少しお話をお聞きしたいのですが」

「あなた、アポは?」

玉川は眉をひそめた。口調にもトゲがある。

「いえ。アポを取れば、取材に応じていただけるのでしょうか」

「うちのジョニーは、あることないこと書くマスコミは、あまり好きじゃない。受けるかどうかはなんとも。で、なにを取材したいんです」

「演劇に打ち込む若い人たちのルポを書くつもりでいます。ベテランのジョニーさんが、今の若い劇団員をどういうふうに見ているのか、彼らになにを期待しているのか、ぜひともお話をおうかがいしたくて」

ここにくるあいだに考えた理由を口にすると、玉川は考えるような顔をした。取り次ぐのが損か得か、勘定しているというところか。しかし出てきた言葉は、結論ではなく先送りだった。

「今、ジョニーはいないので。それにわたしも出かけるところなので、改めて」

その言葉に嘘はないようで、こちらに歩き出した玉川はよれよれのデイパックを手にしていた。名刺を渡そうとしたが、「ジョニーと話をしたいのであれば、劇団のホームページからメールしてください」と受け取りもせず、スニーカーを履き「施錠しますので」とわたしを追い出しにかかった。

出直すしかないか。それにしても無愛想な男だと秘かに舌打ちしながら階段を上がる。そんなわたしを急かすように、玉川はすぐ後方をわざと足音を立てて上ってくる。

「ジョニーさんは今日、こちらにくるんでしょうか」

階段を上りきったところで言葉を投げたが、「分かりません、急ぎますんで」玉川はわたしを振り切るように、駅のほうに歩き去った。あれでよくマネージャーが務まるものだ。昨日の四人の辛辣なお玉評が理解できた。

お玉が言った劇団のアドレスにメールする気などない。少し待ってみたが、そうそう都合よくジョニーがくるはずもない。ジョニーはどんな頻度で、いつ頃、スタジオにやってくるのか。昨夜の研修生に聞きそびれたのを後悔した。

出直そう。

曇天の下を、駅に向けて歩いた。どこか郷愁を誘う踏切の音が聞こえてくる。

角を曲がった時、向こうからやってくる見覚えのある姿に足が止まりかけた。

昨日会った足立だった。

俯き気味に歩く彼が、顔を上げた。

七章

1

足立は驚きの表情を浮かべたが、昨日はどうも、と挨拶を口にした。

この時刻に彼がやってくるとは思ってもいなかったわたしは、内心慌てた。

「これから稽古？」

と訊くと、足立は少し困ったような顔をしてから、どうしてこんなところに？　と、昨夜適当に告げたわたしの偽名を口にした。

「うん、ちょっとね」

言葉を濁しながら考えた。すでに玉川には顔を見られ、林田の名も告げ、取材という目的も話している。

「じつはね、昨日聞いた話が気になって」

「昨日の話？」

わたしは頷き、

「大和くん」と言うと、足立は少し考えてから、

「オレも、かな」

低い声で呟くように告げ、ひと呼吸置いてから、続けた。

「いや、オレ、研修生辞めようと思って」


駅前の喫茶店で、コーヒーを前に足立と向かいあった。

「あれから、なにかあったの？」

足立はコーヒーをひと口啜り、カップに置いた。

「いえ、特に」

「ただ考えると、納得がいかなくて」

納得というのは……。

「大和ですよ。最後に飲んだ時のあいつの落ち込んだ様子、きちんと受け止めて話を聞いてやればよかったなと」

「でも、あなたのせいじゃないでしょ」

足立は首をかしげるような、曖昧な頷きかたをした。

「根津とか小暮とか、気はいいけどああいう性格なんで、うかつな話はせずにきたんだけど」

足立は、なにかウラを知っているのか。

「それって、大和くんが亡くなったことについて？」

探ってみたが、彼はそれ以上踏み出そうとしない。

先ほどの玉川は、取りつく島もなかった。部外者のわたしが飛び込んだところで、どこまでジョニーに近づけるかはまったくの未知数だ。

彼に、懸けてみよう。

スマホを立ち上げて画面を操作した。

「粗くて見にくいけれど、この人、どう思う？」

大久保の防犯カメラが捉えた、久子を騙した受け子の写真を示した。

足立は目を細めてしばらく画面を凝視し、

「大和？」

これがどうしたのだとばかりに、顔を上げてわたしを見た。

「この人は詐欺の受け子なの。受け子って分かる？　オレオレ詐欺で、金を受け取る役割をそう呼んでいる」

足立の目が、かすかに揺れた。

「昨日、大和くんが書き遺した言葉を見せてもらって、思ったの。彼の自殺は、じつは殺されたようなものじゃないかと」

「あ、あなた、いったい……」

「この受け子に金を渡してしまった老婆は、わたしの知りあいだった。わたしは特徴を手がかりに、受け子を探している。受け子の唇の下には、ホクロがあったの」

わたしは唇の右下に、人差指を当てた。

足立の表情が、みるみる強張っていく。

「そう。大和くん、彼のここにも、ホクロがあった」

「そうじゃない。そうじゃなくて……」

足立は、俯いた。なにがそうじゃないのか、わたしは彼の言葉を待つ。

「昨日、オレたちと飲んだのはそれが目的で、偶然を装って近づいたんですか」

睨み上げるような目に、

――そう。

と応えたつもりがうまく声が出ず、わたしはかすかに頷いただけだった。

「昨日、帰る時、素敵な人だった。また会いたいって、みんなで話していたんですよ」

昨日の賑やかな会話が過ぎった。胸に痛みを覚えた。そういったものを……、抑え込んだ。

「ゴメンね。これが、わたし」

林田の名刺を差し出した。受け取ろうとしない彼の前に、そっと置いた。

「林田佳子……。昨日の名前も嘘だったんだ」

「嘘をついていたことは謝る。でもあなたたちと話をしたおかげで、大和くんは被害者だったんじゃないかって思うようになった」

足立は、なにも喋ろうとしない。

「つまり彼は、無理やり詐欺に加担させられて、悩んでいた」

コーヒーに手を伸ばしかけた足立だったがコップの水のほうを口にした。

「きっと、親しいあなたにも相談できないような人から命じられていたんじゃないかと思う」

彼の喉が小さく鳴った。わたしは踏み込んだ。

「研修生を辞める。納得がいかないというのは、あなたも劇団になにかを感じているんじゃない？」

「だとしても――、あなたには関係ないでしょう」

財布を取り出すと慌ただしい様子で小銭を数え、叩きつけるようにテーブルに置いた。

「あんた、なに嗅ぎ回ってるんだ。不愉快だ、信じられない！」

吐き捨て、荒々しい様子で店を出て行った。

まばらな客が、店員が、そっと、好奇の目を向けている。

わたしは、なにくわぬ顔で受け止める。

テーブルには冷めたコーヒーと、彼が置いた小銭。

林田の名刺は、なくなっていた。

2

食事も取らずに、部屋に戻った。

目的は、久子を騙した連中を突き止めること。手段は選ばない。

そう、自分を鼓舞した。

でも、怒りと哀しみをないまぜにした足立の顔が浮かぶ。

カードを切る時、ある程度覚悟はしていた。

しかも彼に渡したのは、自分を詐《いつわ》った名刺。

わたしのどこにも、誠はない。

いや、ただ一点。大和は加害者だが、同時に被害者かもしれない。そう考えていることは嘘ではない。

多分、想定通りに、足立のなかでわたしの仕掛けは進行していく。

その代わり、想定通りの非難を、わたしは受ける。

かまわない。想定のうちだ……。

寝返りばかりを繰り返す、長い夜を過ごした。

朝がきた。寒々とした薄暗い部屋で、ぼんやりした。

外に出て、ファストフード店で遅い朝食を取った。年末の土曜、大久保はいつにも増して人の姿があった。

部屋に戻り、ぼんやりした。空虚な刻が流れていく。

携帯電話が震えて、着信を教えた。

見知らぬ番号が表示されているが、ここにかけてくる人物といえば、ただ一人。

筐体《きょうたい》を開いて、応答した。

聞こえてきた声は、足立ではなかった。


夕刻、混みあった渋谷のカフェ。

電話がくることは読んでいた。

だからこそ、足立にカードを切った。

だが、電話の主は吉村だった。

──吉村です。

名乗った声は固かった。

──足立クンから聞きました。

ここに電話をしてきたからには、そういうことだ。

会って、話できない？

ためらう吉村から、半ば強引に約束を取りつけた。

早めに店に入り、二人用のテーブル席を確保した。彼女の分もコーヒーを買った。

約束の五分前に、吉村はやってきた。電話の声そのままの顔をしている。

「コーヒーでよかった？」

紙カップに入ったコーヒーを、彼女の前に置いた。

固い表情の彼女は視線を逸らせ声もなく頷くと、小銭入れを出した。

「お金はいい。きてもらったんだから」

わたしの言葉を無視して、吉村は代金を置いた。

——会いたくないです。

電話口でそう言われた。だが四人の性格は、あの夜、それなりに理解した。小暮や根津ならともかく吉村がわざわざ電話をしてきたというのは、ただわたしを詰《なじ》りたいだけではないはずだった。会いたくないし顔も見たくないとしても、話はある。

「目的を隠して近づいたことは謝るわ」

視線をあわせようとしない彼女に、わたしは告げていく。

「でも、足立くんに見せた写真の男に、わたしの知りあいが金を奪われたのは事実。その知りあいは受け子を見た時、いい子だと思った。お金を取られた悔しさだけでなく、そういう子が詐欺をやったという事実に心を痛めているの」

足立に見せた写真を、吉村にも示した。彼女の視線が、ちらりと写真に向かった。なにも語らず、表情も変えないよう努力しているようだが、瞳が揺れている。

「この写真、どう？」

吉村を促してみた。彼女は唇を強く引き結んでいる。仕方なく、わたしは続けた。

「あなたたちの話を聞いて、今は思っている。大和くんは、汚い連中に利用されたんじゃないかと」

吉村は、喋らない。

わたしは、今度は待った。

年末を迎えた土曜。賑やかな店内。軽音楽。ふたりだけが別の空間にいるようだ。

「なにをして、くれるんですか」

長い沈黙のあと、吉村は口を開いた。いったん開いた口は、さらに言葉を吐き出した。

「足立クンから話を聞きました。彼、あなたの顔も見たくないって。あの夜、楽しかったんです。本当に楽しかったんです。その分、わたしも彼も、裏切られた思いでいっぱい。でも、大和クンが犯罪を強要され追いつめられたのなら、そうした人たちも赦せない」

吉村は、顔を上げた。

「あなた、大和クンのためになにをしてくれるの？」

「ジョニーが本当に詐欺をやっているなら、証拠を摑んで告発する」

挑む彼女に、告げた。

「それがきっと、大和くんの供養になる」

彼女の目を、正面から受け止めた。

「一昨日聞かせてもらった玉川という人の動きは、怪しい気がする。詐欺の受け子は誠実そうな姿を装うの。たとえば、整えた髪にスーツ」

吉村はしばらく沈黙したのち、立ち上がった。

「劇団を探る。なにか分かった時には、あなたに教える」

感情を押し殺した冷たい声だった。

コーヒーにはまったく口をつけないまま、彼女は店を出て行った。

痛みなどない。似たような場面は、数え切れないほど経験してきた。

コーヒーに手を伸ばしかけて、止めた。

どうせ、苦い味に決まっている。

3

松井から電話があった。ほがらかな彼の声に、少しほっとする自分がいる。あの写真からなにか分かったなら手伝いたい。そう言われたが、気持ちだけ受け取った。できるだけ、彼は巻き込みたくない。

月曜の午後になって携帯電話が震えた。吉村だった。

ジョニーの動きはうまく摑めない。ただ玉川はこのところ、頻繁にスタジオからスーツ姿で出かけていく。ジョニーと玉川は、いつもスタジオ奥の劇団長室にこもっている。二人だけで長いあいだ話をしているようだ。いずれもふだんはないことで、移転の件が大詰めを迎えているのか、それにしては具体的な話が聞こえてこないと、古い劇団員は首をかしげている。

情報のみ告げて、電話はぶつりと切れた。

オレオレ詐欺は、ジョニーと玉川が進めている。ジョニーに心酔していた大和を利用し、受け子をやらせた。しかし彼が死に、玉川にその役が回った。やはりそんなところか。

現場を押さえるには、まずスタジオ近辺で玉川を張る必要がある。静かな住宅街、いくら場所を変えても、ずっと佇んでいては住人に見咎められる。玉川は車と電車、どちらを使うか分からず双方に備えたい。スタジオを望むエリアに駐車場はないが、比較的道は広く見通しもいいので車での監視はなんとか可能だろう。

いずれにしてもパートナーだ。黄がいれば声をかけるところだが、彼は今博多にいる。ほかに浮かぶ顔はない。

昔、こういう時には、原田が人を用意してくれた。毎回顔は違ったが、心得ているのか、皆、無駄口は叩かなかった。改めて、原田の助けを受けていた自分を感じる。

そんなことを考えるうちに、松井からまた連絡が入った。

「ねえ、あなたって顔広いでしょ。派遣でもいいんだけれど、車の運転ができて口が固い人、知らない？　期間はとりあえず数日。午前十時から午後四時のあいだ。ううん、基本的にはなにをするでもなく、車を停めてぼうっとしてることになると思う。寝ていてもゲームをしていてもかまわない。一日あたり一万円。できれば明日から」

松井は少し考え、また連絡しますと、いったん電話を切った。三十分後に、電話がきた。

――一人だけ、適任な人物がいますよ。身元はボクが保証します。

翌日、スモークガラス仕様の小さなレンタカーを借りて、スタジオの近くに停めた。

隣にいるのは松井だ。チノパンに無地のブルーのセーターという彼の私服姿は初めて見た。

適任な人物というのが、彼自身とは思わなかった。

(あなた、仕事があるんでしょ)

(大丈夫です。ほら、パソコンとスマホさえあれば、ボクの仕事はどこでもできますから。それに姉さん、なにかわけありの話じゃないんですか。だとしたら素性の知れない者に頼むと、あとが大変ですよ)

彼の話にはもっともなところもあり、概略だが、正直なところを告げた。先日調べてもらった顔写真から、気になる人物に辿りついた。その男を見張るつもり。

(水臭い。だったらなおさらボクの出番じゃないですか)

かなり無理をしただろうが、パソコンとスマホを手に、彼は車に乗り込んでくれた。

まずは今日を含めて、金曜までの四日。このあいだに玉川がなんらかの動きを見せるかどうか。どこで電話をかけているのかも気になるところだ。ジョニーと玉川がどこかで二人きりで演技をしている。吉村たちが知らないだけで、他にも劇団の者が複数人噛んでいる。さまざまな可能性が浮かぶが、あえてそちらは捨てた。一人でできることは限られている。ここに、全力を傾ける。

といっても、まずは見ているだけ。時々松井と雑談もするが、彼は彼で後部席に移動してパソコンで作業をしたり、車から出てどこかに電話をしている。そうした姿を見るたび、無理をさせているという申しわけなさが湧く。

近所の目を考えて、数時間ごとに車を移動させた。昼食はコンビニ弁当。手洗いもコンビニを借りた。午前中、スタジオに入っていく者はいなかった。午後三時頃に、古株らしい年かさの男が階段に消えていく姿を初めて見た。ただ、とうとう玉川は現れなかった。

一日目は空振り。松井と別れ、車を返却して、幡ヶ谷駅に近いビジネスホテルにチェックインした。尾行をまく儀式を入念に行ってから今日の仕事に臨んでいる。大久保に戻らなければ、きれいな体でいられるはずだった。

前日とは異なる車を借りて、翌日もスタジオを見張った。

さすがに一日中目を凝らしているのは疲労がたまる。そうなると眠気を生じる。眠気覚ましに松井と話をした。内容は他愛もない。好きな音楽、食べ物。あと、松井は施設の頃の思い出話をいくつか。

「姉さん、彼氏はいるんですか」

松井は、思いきったような間合いで訊いてきた。

「いない。欲しいとも思わない」

自分でも素っ気ない口調だったが、松井は混ぜっ返した。

「姉さん、男前だなあ」

「うるさい」

言ってから唇に自然と笑みが浮かび、そんな自分に少しだけ驚いた。

松井に、もし誰かスタジオに入っていったら教えてくれと頼み、仮眠も取らせてもらった。

頼りになる弟だ。

そして三日目の昼すぎ、ようやく、スタジオに入っていく玉川を見た。

4

三十分ほどして、玉川は出てきた。

スーツに黒いコート。手にはビジネスバッグ。髪は七三に整えている。

駅のほうに歩く玉川を徒歩で追った。松井は車で待機。玉川が車を使うようであれば合流してもらう手はずだったが、彼は東松原駅の改札に入っていった。

「ありがとう。あとはこっちでやる。悪いけど車を返しておいて。お礼は改めて」

手早く松井に告げて通話を切り、玉川を追った。


井の頭線で吉祥寺まで出た玉川は、中央線に乗り換えて武蔵境駅で降りた。周囲を気にするでもないのは、尾行の惧《おそ》れなど頭のうちにないのだろう。その必要もない、ごくふつうの用件という場合もある。ただ、隣の車両からうかがった横顔は険しく、窓の外を睨みつけるようだった。

北口に出た玉川は、小さな商店街を抜けていく。俯き気味に歩き、時折立ち止まっては確かめるように顔を上げる。スマホと首っ引きで歩いているようだ。やがて武蔵境通りを折れ、どこか重たげな足取りで住宅街に入っていった。

胸の鼓動が早くなる。

玉川は古びた一軒家の前で足を止めると、ネクタイの結び目を確かめ、あたりを見渡した。わたしは通りの角からスマホを出し、ズームにしてから録画ボタンを押した。静かな住宅街とはいえ、この距離では音声はさほど拾えないだろう。ただこれ以上近づけば、さすがに悟られる。

スマホの画面越しに、行動の一部始終を見た。

玉川はスーツの前ボタンを留めて咳払いののち、呼び鈴を押した。しばらくすると七十代後半といった風情の老婆が現れた。

社債取引、息子さん、弁護、そういった言葉が断片的に聞こえる。もう間違いない。これは受け子の現場だ。シナリオは多分、久子が騙されたものと同じ。

玉川は背筋を伸ばし、柔らかな表情を作っている。このあたりは役者経験があるならお手の物だろう。

老婆は分厚い封筒を差し出した。受け取った玉川は封筒の口を開けて中身を検《あらた》めた。お願いしますと拝むような老婆に頷き、一礼した玉川はこちらに歩き出した。アップになった顔に、捻れた笑みが浮かんでいる。玉川に見つからないよういったん姿を隠し、再び後ろ姿を追った。

駅に戻る途中、玉川はどこかに電話をかけた。会話の内容は聞き取れないが、大方共犯者、おそらくはジョニーに報告でも入れたのだろう。

駅の改札を抜けた玉川は、吉祥寺方面に向かう電車に乗った。隣の車両から眺める玉川は緊張から解かれて安堵したのか、薄笑いを浮かべている。

最後まであとをつけ、玉川が劇団スタジオに入っていくところも映像に収めた。

指示通り松井は撤収したようで、車はない。

このままスタジオに乗り込むか。時刻は午後四時すぎ。急がないと劇団員たちがやってくる。

動こうとして、足を止めた。

ダウンジャケットとジーンズに着替えた玉川が出てきた。

あとをつけると、玉川は渋谷行きの井の頭線に乗り込んだ。隣の車両からうかがう顔には、また陰鬱さが舞い戻っている。それとも、もともとがこういう顔なのか。

渋谷駅から山手線で代々木駅へ。北口改札を出た玉川は百メートルほど歩いたあと、小田急線の踏切近くに佇んだ。

玉川はしきりにあたりに視線を配っている。怯えた小動物のような姿に予感が芽生えた。距離を置いて観察する。

すでに日は暮れ、ビルや街灯に明かりがともっている。午後五時をすぎながら、目と鼻の先の新宿に比べ、通りを行く人の姿は少ない。

十分ほどのち、玉川に近づいた影があった。

街灯に照らし出されたのは、革ジャンパーにジーンズの男性。広い額に大きな目は――、い、い、弁当男だった。

八章

1

　弁当男は玉川に語りかけた。応じる玉川の表情が固いのは、街灯が作る影のせいばかりではなさそうだ。雰囲気からして初対面のようではない。つまり、玉川たちの詐欺にも、弁当男は噛んでいた。

　奴の組織はどこまで手を広げているのだ。電車男のような者まで抱えているからには、わたしには思いも寄らない大組織なのか。

　会話を聞き取れないのがもどかしいが、スマホを向けてビデオを撮った。

　玉川は分厚い封筒を差し出し、弁当男は軽くなかを覗くとジャンパーの内側にしまい込んだ。ニヤニヤ笑い、玉川の頬を幾度か軽く叩く。玉川がいやがり顔を背けると、興味がなくなったように離れていく。

代々木駅のほうへ向かう弁当男を追った。

弁当男は、秋葉原方面行きの総武線に乗り込んだ。改札で一回、ホームに上がってから二度ほど、あたりをうかがう仕種をしたが、それで見つかるほどどこちらも素人ではない。車内はいい混み具合で、隣の車両から観察を続けた。吊革に摑まり耳にイヤホンを突っ込み、軽く首を揺する姿は、大久保で弁当を運んでいた時とは随分雰囲気が異なる。

秋葉原駅でかなりの乗降があったが、弁当男は動かない。いったん空いた席にも座ろうとしなかった。案の定、次の浅草橋で電車を降りた。東側改札を出ると江戸通りを渡り、狭い路地が入り組む一角を歩いていく。人通りは少ないが、周りを気にするようでもない。五分ほど歩き、六階建てのマンションに消えていった。

建物全体を見渡せる位置まで離れ、待った。ベランダの仕切りからすると、部屋は多分四室。いわゆるワンルームマンションだろう。ただ建物の厚さからすると、裏側にも部屋がありそうだ。エントランスに姿が消えて二分ほど経った頃、三階、右から二番目の部屋に明かりが灯った。奴のあとにマンションに入っていった者はいない。あそこが弁当男の部屋とみていいだろう。

電柱の陰に佇んだ。通りに商店はなく、通行人の姿もほとんどない。街灯と家の窓から漏れる明かり、あとはコインパーキングの看板を照らす照明。時折小雨がちらついたが、傘が欲しいほどではない。寒さもまだ我慢が利く程度だ。

三十分もせず、先ほどの部屋の明かりが消えた。

マンションの入り口を注視していると、弁当男が現れた。玉川から受け取った金を部屋に隠し、食事に出てきたというところだろう。あとをつけ、駅前の小さなステーキハウスに消えていったのを確かめてから、マンションに引き返した。

マンション名はポート浅草橋。エントランスに入ってみる。居室エリアは別の扉で区切られていた。扉横に住人を呼び出すインターホンと、暗証番号を打ち込むテンキーがある。集合郵便受けを確かめる。各フロアに部屋は七室。プレートに居住者の名前は半分ほどしかない。三階部分に書かれていた名は三つ。名前と部屋番号を記憶して、マンションから離れた。

幡ヶ谷のホテルに戻りながら考える。

玉川が受け子を行った現場、玉川が弁当男に封筒を渡した場面、ともにしっかり撮れていた。これさえあれば警察を動かせる。しかし弁当男が逮捕されたところで、そこで止まってしまえばトカゲの尻尾切りに等しい。わたしを狙っているのはすでに弁当男個人ではなく奴の組織だ。

こちらの身の安全を図るには、もう少し踏み込む必要がある。弁当男をうまく追えば、組織の中核に辿りつけるかも。

まずは奴の部屋に忍び込みたい。ポート浅草橋をネットで検索した。

2

翌日午前十一時。浅草橋駅前のビルに入る不動産業者を訪ねた。

浅草橋徒歩十分圏内のワンルームマンションで候補をいくつか挙げてもらい、二ヵ所を見にいくことにした。ひとつはポート浅草橋。もうひとつは適当に決めた。

入社三年目だという女性の担当者と、内見に向かった。まずはもう一ヵ所の物件。こちらは三年前にできたマンションで、入り口は洒落ている。彼女がエントランスのテンキーを押すところを観察した。六桁。手許をこちらに隠す素振りはない。部屋を案内してもらい、適当に話をあわせる。あとで参考にしたいと、部屋のなかとベランダから見える風景を撮影した。

そのあと、ポート浅草橋に向かった。弁当男と鉢あわせする確率はゼロではないが、きわめて低いはず。それでもエントランスで時間は取らず、五階の空き室に上がった。エントランスのテンキーに打ち込んだ数字は四桁。しっかり記憶した。部屋番号の振られかたも確認した。弁当男の部屋は302号室。集合郵便受けの302に名前はなかった。

こちらの建物は築八年。間取りはどの部屋も同じで、バストイレ別、洋室とキッチンをあわせ九帖換算。入り口側の天井がやや低く、そこがロフトになっている。

「ワンルームにロフトという組みあわせ自体はよくあるんです。ただロフトには簡単な転落防止柵しか設置していないマンションが多いんです。でもここは五十センチほどの高さで厚みもあるしっかりした壁なので、皆さん安心してロフトを寝室にしているようです。下にベッドを置かなくていい分、部屋を広く使えますし、コーディネートも自由自在です」

　そこが売りのひとつのようで、彼女はしきりに強調してみせた。

　前の物件同様、スマホに部屋の様子を収めた。部屋の鍵もそれとなく映像に収めた。先端が丸いディンプルキー。ピッキング対策用としていっとき広く採用された鍵だ。

　築年数からして多分そんなところだと思っていたが、これを解錠するとなると針金では無理で、バンプキーと呼ばれる特殊な器具がいる。

　マンションを出て、店の前で担当者と別れた。

　その足で秋葉原に向かった。キャッシュディスペンサーで金を引き出し、このあいだの防犯グッズショップの扉を開けた。

「なんだ、またきたの？　俺に会いたくなった？」と笑うゴルバにさっさと用件を伝え、さきほど撮った映像を示した。

「このタイプなら、あるけど」

　というゴルバに、専用ハンマーも用意してもらった。

「お嬢、使いかた大丈夫？　練習する？　なんなら優しく教えてあげるけど」

「練習はいい。それより、本当にこのバンプキーで大丈夫？　鍵穴に差し込んでからダメでしたじゃあ、わたしも切ないわ」

「その映像を見る限り間違いないと思うけど、念のため、似た奴を何本か持っていく？　どれかは必ず当たりになると思う」

「そうさせて。使わなかったキーはあとで返品する」

あのねえお嬢、という声は無視した。

「ねえ、バンプキーって売れてるの？」

「そこそこね。警察は日本国内でバンプキーを使った犯罪はないと言い張っているけれど、要は実態が分かっていないだけ。こいつを使えばシリンダーを壊さず一瞬で鍵が開くんだ。部屋が荒らされたり、大切なものがなくなっていなければ、住人は忍び込まれたことすら気づかない。で、お嬢、今度は泥棒でも始める気？」

わたしは、肩を竦《すく》めてみせた。ゴルバも本気の返事は期待していない。聞かないほうが彼自身のため。犯罪を容易たらしめる幇助《ほうじょ》行為は、刑法上従犯となる。

ほかにもいくつか欲しいものを告げると、まだ買うの？　と眉をひそめる。

「いいから売って。こっちは返品しないから」

ゴルバはお返しのように肩を竦めた。


コインロッカーに預けた荷物を取り出し、昨夜のうちに予約を入れたビジネスホテルにチェックインした。午後五時すぎを待って、ポート浅草橋へ向かった。

弁当男の部屋の明かりはついている。長丁場を覚悟して佇んだ。明かりが消えたのは午後七時前。少しして、奴がエントランスから出てきた。昨日と同じように駅のほうへ向かう姿を追った。今夜もステーキだろうか。まさか牛丼あたりで手早くすませようとは思っていないわよね。夕食は時間をかけてゆっくりと取らなくちゃ。わたしは奴の背中に、無言で語りかける。奴は店には入らず、江戸通りで手を上げてタクシーを停めた。奴を乗せたタクシーはスムーズに流れに乗り、すぐに見えなくなった。

いってらっしゃい。

これで時間を気にせず、作業ができる。

わたしはポート浅草橋へ引き返した。

エントランスに入り、記憶した四桁の数字をテンキーに打ち込み、なかに入る。監視カメラはあるが、なにを盗りに入るのでもない。一応口許だけをマスクで隠した。階段で三階に上がる。廊下に人の姿はない。外から眺め電気が消えていた303号室に向かい、ゴルバの店で手に入れたキーをドアの鍵穴に差し、専用ハンマーで数回叩いた。カチッという小気味いい音が返り、鍵は開いた。

これが、いわゆるバンピング。バンプキーと称される特殊なキーを鍵穴に差し込んで衝撃を加えることで解錠する、ピンシリンダータイプの鍵にのみ有効な手法だ。

いったんドアを開け、閉めた。自動でロックがかかったことを確認する。それから目的の302号室をバンピングし、なかに滑り込んだ。間取りは頭のなかにある。靴を脱いで、スマホの明かりを頼りに部屋を歩いた。窓にはカーテンが引かれているが、光がそちらに向かわないよう取り回しに気をつける。

手前に三人がけのソファーと木目調のローテーブル。対面にローボードと四十インチほどのテレビ。天井まである棚にはＣＤやブルーレイ。モノトーンの壁には間接照明。若い男にしては片づいた部屋だった。少し考え、ソファーの下、棚の上の二ヵ所に盗聴器を取りつけた。混信を防ぐため、異なる周波数を選んでいる。両方とも電池式で小型なだけでなく、音声をクリアに拾ってくれる。世間に流通している製品とは格段に能力が異なる。

十分ほどで作業を終えた。のち、奴の名前を記した郵便物をざっと探したが、見当たらない。ローテーブルにスマホが放り出されているのが目に入った。手に取ってみた。ロック画面はアメリカの有名なシンガー。当然パスコードは設定されている。データを覗きたい欲望に駆られたが、万一にも下手な痕跡を残して侵入を悟られるのはまずい。テーブルに戻し、ドアに向かった。覗き穴から廊下を確認する。人の姿はない。ドアを開けて顔を覗かせると、エレベーターが一階から上昇を始めていた。

ドアを閉めた。

チンッ、という到着音に次いで、エレベーターのドアが開く鈍い音が聞こえた。

まさか奴ではないだろう。

思った時、ローテーブルのスマホが頭に浮かんだ。靴を手にした。

ドアキーを解錠する音がした。

ドアが開き、照明がついた。

足音。

「ったく、こんなところに」

舌打ちが聞こえた。

ソファーが軋み、

「ああ、俺だ。スマホ忘れちまって引き返したんで、遅くなる」

わたしはロフトに身をひそめて、弁当男の声を聞いている。

「ウソっ、あの娘《こ》こねえの？　じゃあ俺も行くの止めようかな。なんか、かったるくなっちまったし。このまま寝ちまおうかな」

コートからそっと、スタンガンを取り出した。反対のポケットからは、催涙スプレー。

「まじかよ。ざあけんなよ」

笑っているが、会話の流れが読めない。

「ああ、行くよ行く。これから三十分くらい。おう、じゃあな」

ソファーから立ち上がる気配があった。

ほっとしかけたものの、それきり動く気配がない。

数秒の無言ののち、足音が生じた。

ぎしっ。

ロフトにかかるハシゴが軋んだ。

心臓が跳ね上がった。

気づかれたか？

しかし、昇ってくる気配はない。

催涙スプレーのアクチュエーターに、そっと指をかけた。

「めんどくせえよなあ……」

考えるような呟きが上がった。

「まっ、顔だけ出すか」

あくび混じりの言葉ののち、ドアに向かう足音が生じた。ドアが開いた。照明が落ち、ドアが閉まった。

わたしは動かない。

十分ほど待った。

そっとロフトを下り、闇のなか、気配をうかがう。

罠ではなく、出かけたようだ。

部屋を出た。


二十四時間営業のレンタカー店で、車を借りた。奴が部屋に戻ってくるまで、今度こそ時間があるだろう。空いた道を選んで車を走らせて、返却の際に怪しまれないように走行距離を稼ぐ。午後十時にポート浅草橋に近い駐車場に車を停めた。３０２号室にまだ明かりはついていない。

途中で買った毛布を羽織り、盗聴受信器のスイッチを入れる。トランシーバーのようなハンディタイプが二台。望ましいのはどこかの部屋で寝転がりながら聞くパターンだが、盗聴器の電波が充分に届く範囲にホテルはない。

コーヒー、食料、栄養ドリンクを買い込んだ。買えないもので必要なのは根気。まずは三日間と決めた。それでなにもなければ、次の手を考えよう。

日付が変わった午前一時すぎ、受信器から音が流れてきた。弁当男のご帰還だ。酔っているのか、でたらめな鼻歌。扉を開け、閉める音。かすかに水の音が聞こえる。シャワーを浴びているのだろう。二台で拾う音はさすがにクリアで、実際に部屋にいるかのようだった。もっともその夜に聞けたのは、弁当男の下手くそな鼻歌といびきだった。

3

翌日、弁当男は昼近くになってもグズグズと寝ていた。聞こえてきたのは間欠的ないびきと、トイレに立つ音。なんの役にも立たない音を聞くあいだ、車を駐車場から出し、電波の届き具合を確かめた。

判断基準の音がいびきなのは心許ないが、道を一本離れた程度なら電波を拾うのにさほど問題はなさそうだった。三十分ごとに場所を移動し、聞き続けた。大久保に戻れば、盗聴器の音をネットに飛ばすソフトを仕込んだパソコンがある。それを車のなかに置けば、あとはネット経由でどこにいても音声を耳にできる。だが、尾行をまいたであろう今、あそこに戻り、再度汚染されるリスクは冒《おか》したくなかった。せいぜい数日だと、自分に我慢を命じる。

手洗いは近くのコンビニですませ、食事と飲みものを買い、車のなかで食べる。

時間は、いやになるほど進んでいかない。内職をした。玉川の映像をスマホ上で加工して、告発用の資料に仕上げていく。

ごそごそ生活音がし始めたのは午後一時頃。そこにテレビの音が被さり、そうなると部屋がどんな状況か分からなくなる。もし弁当男がすべての連絡をメールの類いですませていたなら、わたしがやっている作業はまったくの無駄になる。

夕刻、弁当男は出かけた。戻ってきたのは日付が変わる頃だった。

翌日、弁当男の起床は、またも昼すぎだった。

自分のふだんの生活を棚に上げて、腹が立つ。奴のこういう生活が詐欺の恩恵だと思うと、なおさらだ。

午後三時頃、テレビの音が消えた。しばらくして、声が聞こえてきた。スマホの録音スイッチを入れ、受信器の小さなスピーカーに近づける。

(おう、どうだ、仕事のほうは)

台詞は上から目線。声はふてぶてしい。しばらく生じた沈黙は、向こうの声を聞いていたのだろう、やがてこんな声を上げた。

（ボケボケしてんじゃねえぞ。死ぬ気でやれ、死ぬ気で）

数秒の、沈黙。

（おめえ、なに甘えてんだよ。首吊ったあの坊やにお前、なんて言ったんだよ。あの坊やには平気で受け子で顔晒させたんだろう？　第一貧乏劇団の存続などてめえらの責任だろうに、あんな坊やを巻き込みやがって。てめえだけやばいなんて理屈が通用するか、バカ）

劇団……。あの坊やとは池谷大和？　電話の相手は玉川か。

（おめえも劇団員の端くれなら、ちっとは考えろ。よく言うだろう、芸は身を助けるってよ）

途中から別の人間が割り込んできたかのように、弁当男の声が変わった。どこかで聞いた覚えのある声だ。

（どうだ、なかなか似てるだろう。ジョニーに叱られてる気になったか？　俺がかけ子をしていた時は、役柄によって、いろんな声を使い分けた。そういう努力をしてたんだ。てめえもちっとは頭使って、口調やメイクでごまかすような工夫をしたらどうだ）

最後のほうは、また声色を使った。たしかに、ユーチューブで聞いたジョニーの声に雰囲気が似ている。

（あと八百万ちょいだ。今年中に用意できなければ、十一《といち》で利息取るからな。ああっ？　知るかそんなこと。てめえのところは劇団員がたくさんいるんだろう？　そいつらを使えばいいんじゃねえか。ジョニーとじっくり相談しろ。こっちはあと八百万で赦してやると言ってるんだ。あとは稼ぎ放題。劇団挙げて取り組めば、下手くそな演劇よりよほど儲かるぞ。とっととやれ、タコ！）

強く吐き捨て、電話は終わった。

（クソバカがっ！）

もう一度吐き捨てたのち、テレビの音声が聞こえてきた。

わたしは、自分の考えを修正した。

玉川は、弁当男が所属する組織に連なる存在ではない。どんな弱みを握っているのか、弁当男は玉川たちに詐欺をやらせて、その金を巻き上げている。奴は取りっぱぐれがないよう、今の電話で玉川の尻を叩いたというわけだ。

代々木で、からかうように玉川の頬を叩いていた弁当男。あの姿が、腑に落ちた。

のち、聞こえてきたのはカップ麺らしきものを啜る音、忙しなくチャンネルが変わるテレビ。そしてスマホの着信音が聞こえた。一瞬期待したが、鳴っているのはわたしのスマホだった。

ディスプレイに、松井と浮かんでいる。出るのは控えた。

今、取り込んでいて電話に出られない。改めてこちらからかける。

簡単な文面を打ち始めた時、また着信音が聞こえた。今度こそ、弁当男のスマホだった。テレビの音が消えた。

（はい、イノマタです）

応答し、奴は自分の名を口にした。イノマタ。漢字で猪俣、猪又、そんなところか。電話の主はそれなりの相手なのだろう、イノマタはおとなしく相づちを打ち、先ほどとは様子が異なっている。こちらもスマホで録音する。

（それはかまいませんが――、ところで大久保の女、いつまで泳がせておくんですか）

大久保の女。その台詞に、胸が締めつけられるような緊張を覚えた。

またひとしきり聞き役に徹していたイノマタだったが、不満げな声を上げた。

（そろそろ、やっちまいましょうよ。こっちはあのまま追い込んでいくつもりだったのに、店長のお言葉で止めたんですよ）

店長が止めた？　イノマタは組織に言われて動いていたのではなかった？　ボア男程度は分かるにしても、電車男のような者までイノマタ個人の指示で動いたのか？　それとも、イノマタの独走を止めたのち、組織が電車男を使ったのか。

（こう言っちゃなんですけど、店長って沼井さんの先輩でしたよね。可愛い後輩が挙げられて悔しくないんですか。なんであの女に甘い顔して、手心加えるんすか）

甘い顔という言い回しが引っかかったが、聞こえてくる会話に集中する。

イノマタは、語るうちに熱くなっていく。

（失礼ながら、今日は少し言わせてもらいます。沼井さんも俺も、オレオレに命張ってます。沼井さんを引き入れたのって、店長ですよね。沼井さん、感謝してましたよ。店長を悪く言う姿なんて、一度も見てません。でも店長はシノギのほうがうまく行っているんで足洗いたがっているみたいだと、沼井さん寂しそうでした。まさか全部なあなあにして、自分らを見捨てる

気じゃないでしょうね）

イノマタは黙った。不服げな相づちが聞こえる。

（大会議、なんすかそれ？）

そしてまた、沈黙。

（代表自らですか？　聖地？　どこにあるんす。あ、はい……）

発せられる言葉は断片的で、話の筋が読めない。やがてイノマタは、大きく息を吐いた。

（明明後日《しあさって》、ええと水曜に、あの女を。おおよその時間は……。いえ、指示受けてから放ってるんで、女が今どうしているかは知りませんが。いいっすよ、やりますよ）

電話は、切れた。イノマタの舌打ちのあと、テレビの音声が聞こえた。

わたしは受信器の音量を絞って、耳障りな音を遠ざけた。

――大会議。代表。聖地。水曜に、あの女を。

奴らは、わたしになにかしようとしているのか。

ただ聞けたのは、きわめて断片的な言葉でしかない。

じりじりしながら盗聴を続けた。一時間ほどしてまた、テレビの音が小さくなった。

（おうババ、お前、今度の水曜空いてるか。ああっ？　足？　別に折れてるわけでもねえだろう。それに、あの女の件だ。違う違う。さらって連れて行くんだ。そこで多分、死んだほうがましって目に遭う。自分でそうできねえのが残念だけどよ。そうだ。おう、おう、あと二人ほど用意できるか。分かってるだろうが、口の固《かて》え奴だぞ）

やりとりに、わたしを駅のホームから突き落とし、植木鉢を落としたボア男が浮かぶ。バイクで逃走したあの男は転倒し、足を引きずっていた。あれがババなのだろう。

イノマタはわたしをさらい、引き渡す。大会議、代表とは、詐欺グループの幹部が集まる会議。聖地とはその場所を指している。そんなところか。

このところ鳴りをひそめていたようだが、向こうも忘れたわけではなく、わたしに罰を下そうとしていた。

くるべきものがきた……。

その日は、三日後。

数時間後、イノマタは出かけていった。まずはひとつ、片づけてしまおう。わたしは車で錦糸町へ向かった。

4

駐車場に車を置き、駅前のネット喫茶に入った。林田佳子の免許証を示して料金を支払い、女性専用ブースの個室に入った。そのあいだ、スマホでニュースを確かめた。武蔵境の一件はいまだ報道されていない。被害者は、自分が騙されたことに気づいていないのだろうか。

一帖ほどの狭い部屋にはデスクトップパソコンとリクライニングシート、フットレストがある。手袋を嵌めてパソコンのスイッチを入れた。適当な住所と名前でメールアドレスを取得する。スマホで加工した玉川の映像をそのアドレスに送り、いったんパソコン上に置く。

メーラーを開いた。メールの宛先は警視庁の詐欺サイト情報提供係。詐欺が行われた場所、実行犯、自殺した劇団研修生の池谷大和も受け子をやらされていた可能性を記した。イノマタについてはあえて触れない。玉川の映像を添付して、送信ボタンを押した。それから、パソコンに残ったすべての情報を消去した。

浅草橋に戻った。

車のなかで、イノマタの電話の内容を考えた。

逃げるか、それとも飛び込むか。逃げた場合、飛び込んだ場合、なにが起きるのか。

怖い。でも、逃げるのは癪《しゃく》だった。しかも水曜を無事にすごせば危機が去るわけではない。奴らから逃れるには、すべてを捨てて遠くへ行かなければならない。一度逃げる癖をつけたら、この先ずるずる落ちていく。そんな気がする。

ただ飛び込むには、仲間が必要だった。バックアップしてくれる人が欲しい。黄が東京にいない現状が恨めしい。

会話の呼吸からなにか摑めないか、盗聴した音声を何度も聞き返した。聞くたびに恐怖が首筋を撫でていく。新たな気づきはなかった。ただやはり、あの言い回しに対する違和感は消えない。こちらが気にしすぎで、たんなる言葉のあやという奴だろうか。

イノマタは、真夜中に戻ってきた。

奴のいびきを聞きながら、ひと晩、考えた。

結論は——。

彼しかいない。

長い夜をすごし、松井に電話を入れた。


夕刻、西新宿。ピアノが軽やかなクリスマスソングを奏でる、広々としたホテルのラウンジ。隣の話し声が聞こえないように余裕をもって配置されたテーブル席で、スーツ姿の松井と向かいあった。

「あなたのおかげで、詐欺の現場を押さえたわ」

玉川の犯行を報じたメディアはまだなさそうだった。ただ、警察は動いているはず。今夜中にはなんらかのニュースになるだろう。

「じゃあボクは、役に立てたわけですね」

「おかげさまで。でも——」

松井にどう切り出したものか。わたしの表情を、彼は読んだようだった。

「なにかまずいことでも？」

わたしは、その言葉に乗った。

「こっちも尻尾を摑まれたみたい。じつはね、詐欺グループを潰したのは今回が初めてじゃない。大久保にあった詐欺グループに同じことをやったの。その連中がわたしに気づいたようで、狙われているの」

話を聞くにつれて、彼の顔が険しくなっていく。

「どうやって、そんなことを知り得たんです」

「悪いけど、そこは聞かないで。ただ奴らは、水曜にわたしをさらうつもりでいる。連れていく場所は聖地だって」

なにが聖地だ。わたしは肩を竦めてみせたが、松井の反応は違った。明らかに表情が強張った。

「どうかした？」

「いや……。なんだかヤバそうな響きじゃないですか」

松井は腕組みし、厳しい顔でしばらく考えに耽った。やがてその姿勢のままで口を開いた。

「このところおつきあいして、姉さんがただの人じゃないとは思っていたけれど、危なすぎます」

「でも、乗り込めば一網打尽にできるかもしれない」

「まさか囮になる気ですか。これは警察に行く事態でしょう」

松井の声は険しい。

「話だけじゃあ警察は動かないわ」

「でも、どうしてそこまでしなきゃならないんですか。水曜まで、いや、しばらくのあいだどこかに隠れればいいじゃないですか」

それも、すでに考えた。

「逃げたところで、日を改めて狙われるだけよ。向こうは自分たちの組織を潰されたんだから、けっして諦めない」

その言葉は腑に落ちたのか、松井は黙った。

「どうせ狙われるなら、向こうの動きを少しでも把握している時のほうがいい」

「でも姉さん、これはもう一般人がやる枠を超えた話ですよ」

「仕方ない。これも、火遊びの代償よ」

わたしは、当然すぎる松井の危惧を、突き放した。

「二択でお願い。手伝うか、手伝わないか」


不承不承だが、松井は助力を承知した。

今考えている計画を告げると、彼は幾度か息を呑んだ。

わたしを見る目に、怯えのようなものも浮かんでいた。

たんに施設の先輩と思っていた女が、盗聴器やらＧＰＳやら、怪しげなことを詳しく語り始めたのだから当然の反応だ。

彼の役割は安全を担保した範囲に留めた。彼の性格では難しそうだが、もし巻き込まれそうになった時には迷わず逃げるようにと、強く念を押した。彼が危険な橋を渡るはめに陥るようなら、わたしを捨ててもらってかまわない。

ひと通りを彼に教え、位置情報探索用アプリをスマホにダウンロードのうえ、設定してもらった。音声受信器を渡し、使いかたを伝えた。

車はレンタカーを使うように指示し、固辞する彼に、費用としてとりあえず五万円を渡した。

松井と別れ、浅草橋に戻った。

『オレオレ詐欺で劇団員逮捕』という表題の記事がようやく上がっていた。配信時間は午後五時三十五分。


武蔵野署は十二月十七日午後、劇団員玉川豊（50）を、特殊詐欺容疑で逮捕した。玉川容疑者は東京都武蔵野市境の七十代女性に息子を装う電話をかけ、十三日、三百万円を騙し取った疑いが持たれている。玉川は劇団『夜霧のジョニー』に所属するマネージャーであり、同署は劇団を主宰するジョニー武司こと武田雅司さんにも任意同行を求め、聴取を行っている。


今のところは、簡単な記事だった。

ただ、ジョニーの容疑が固まり逮捕されれば、マスコミも騒ぎ出す。あの研修生たちも、大和の遺した文字が意味するものを理解していく。

大和はわたしからすれば加害者。だが、研修生からみれば被害者だ。

ごめんなさい
大和が残した文字を、意識から遠ざけた。

その夜も、翌日も、イノマタは水曜の件でどこにも電話をする様子がなかった。やりとりをメールに変えたのか。それともわたしが松井に会っているうちに打ちあわせがあったのか。不在のあいだ、受信器の音声を録音しておかなかったうかつさを悔やんだ。

松井とは電話で打ちあわせをした。彼は彼で、明日はすべての仕事を外すよう周囲に徹底を図ってくれたようだ。どこにいようとGPSは追跡可能だが、盗聴電波を傍受できる範囲はせいぜい二百メートル。松井には、聖地に近づいてもらう必要がある。

昨日小さな記事になった玉川の一件は、任意での聴取を受けたジョニーに逮捕状が請求された結果、ワイドショーネタに昇格していた。関係者への取材によればという前置きで、そもそもは金に困り果てたジョニーが描いた絵だと語られていた。

レンタカーを戻し、浅草橋から大久保へ戻った。途中、マユの顔が過ぎったが、意識から遠ざけた。賑わう街を歩き、角屋に顔を出した。鉛のように重い心のなか、久子の声に明るさが戻っているのがせめてもの救いに思える。彼女の声を聞き、いつものようにタバコを買って店を出ようとして、呼び止められた。

「奈美さん、大丈夫?」

わたしは振り返り、なんのことと首をかしげてみせた。

「いやね、なんかあなた、沈んでいるみたいだからさ」

いいえ、別に。

微笑んでみせたものの、出せた声は、自分でも小さなものだった。

「あたしの暗い気持ちが、あなたに伝染《うつ》ってしまったみたいで……。本当に大丈夫？」

久子の目に、うまい言葉が浮かばない。

「またくるから」

それだけを言って、店を出た。

指で、左の目尻を拭った。かすかに、濡れていた。

にいっ。

足許で、小さな声を聞いた。

コハク。まったく、あんたまで……。

「大丈夫。必ず戻ってくる。おばちゃんと待っていて」

小さな体を抱き寄せたら、自分のなかで懸命に支えている気持ちが折れてしまいそうで、立ったまま告げた。

じゃあね。

駅のほうへ歩いた。

少し、振り返ってみた。コハクはその場に佇み、じっとこちらを見ている。

前を見た。

もう、振り向かなかった。

九章

1

そして水曜。

新しい下着をつけた。くたびれた財布には数万円と林田佳子の免許証。スマホのデータはパソコンにバックアップし、フェイクデータと置き換えた。スマホの位置追跡情報はオンに。コートと靴の踵《かかと》にGPS。同じくコートとスーツジャケットには、ボタンに見せかけた盗聴器。スマホはすぐに奪われるだろうが、服と靴の仕掛けは無事だろう。これが、松井を聖地へ誘ってくれるはずだった。わたしが聖地と思しきところに連れ込まれたことをGPSと盗聴器で確認し、松井はすぐさま新宿の警察に電話を入れる。

――大久保の詐欺グループを密告した女性が、詐欺グループの金主にさらわれた。

この言葉で、警察は動き出すはずだった。詐欺グループを密告した女性という事実は、どのマスコミにも出ていない。関係者しか知らない内容だ。それでも動かない時は盗聴音声を聞かせる。細かなやり取りは、彼に託した。

身支度を終えてから、松井に電話をした。彼の声は固い。

「そろそろ動く。今後連絡は取れなくなるけど、あとはよろしく」

ゴメンね、巻き込んでしまって。

電話を切り、通話履歴を消した。コートを着て、待った。

イノマタは、どうやってわたしを拉致《らち》するつもりか。

盗聴で聞いた言葉をもとに、奴らの出方を考えた。

向こうは複数人。とはいえ人目の多いところで強引な手段に出るのはリスクが高い。わたしの住まいは摑んでいる。今日わたしがどういう行動をするかは分かっていない。

自ずと、答えは絞られてくる。

時間がすぎていく。じりじりしながら、わたしは待つ。隣の部屋はマイナーな輸入会社で扉は閉ざされたまま。その隣のアクセサリーショップは午後一時開店。ショップに客の出入りはさして多くないが、営業時間中、扉は小さく開けられている。その程度の状況は奴らも調べているだろう。

廊下に足音が生じたのは十一時すぎだった。

ビンゴ。

小さく呟いて、わたしは待つ。

足音の主は、扉をノックした。わたしは少しあいだを置いて、ダイニングの椅子に腰かけたまま「はい」と返事をした。

「お荷物をお持ちしました――」

声は、宅配業者を名乗った。

「すいません。荷物はすべて管理人室に預けていただくようにしているんですが」

わたしは、扉越しに応じる。

「管理人さんがいらっしゃらなかったので」

「荷物が送られてくる覚えがないけれど、どこからですか？」

「いえ、その、よく読めない……」

そんなはずがあるか。思わず笑みが洩れ、そろそろ開けてやるかと腰を上げた時、思いもしない言葉を聞いた。

「でもこちら、西澤奈美さんで間違いないですよね」

どうしてわたしの名前を知っているのだ。盗聴した会話では、大久保の女、あの女と言っていたはず。

「今、開けます」

扉に近づいた。鍵を開けて扉を押し開くと、宅配業者の制服を着て帽子を目深に被った男が立っている。手には、小振りの段ボール。

「ごくろうさま」

受け取り――、軽い。

「騒ぐんじゃねえぞ」

男の声が変わった。聞き覚えがある。イノマタだ。

手に銃がある。

「玩具《おもちゃ》じゃない。トリガーを引けば弾が出る本物だ」

トカレフのようだが、表面がメッキ処理されていることからして中国の54式だろう。

かつて原田に言われ、銃を撃ちに二度渡航した。興味も必要性も感じなかったが、おかげでひと通り、銃の知識と扱いかたは習得している。

54式は、旧ソ連で生まれた軍用銃トカレフをもとに中国で作られた。本家のトカレフはシングルアクションでありながら安全装置が省略されているが、こちらは粗悪なコピー品で暴発事故が多発し、のちにセーフティレバーが追加された代物だ。とはいえ、威力のほうはバカにできない。一九八〇年以降、日本に大量に密輸入され、暴力団の発砲事件にたびたび使われている。

わたしは、そっと両手を上げた。扉の陰に隠れていた男が二人、姿を見せた。手には特殊警棒とナイフがある。

「一緒にきてもらう。そうやってコートまで着てるからには、あんただってそのつもりだったんだろう？」

揶揄《やゆ》のつもりだろうが、その通りだ。だがそんな素振りは見せず、帽子のツバを上げたイノマタを睨みつけた。

「手ぇ、出しな」

ひと目で玩具と分かる安っぽい手錠を両手に嵌められた。ガムテープで口を塞がれ、マスクをかけられた。イノマタがアゴをしゃくると、特殊警棒の男が廊下を引き返した。

「ほら、行くぞ」

わたしはGPSを仕込んだ靴を履き、外廊下に出た。手錠に苦労しながらポケットに手を突っ込むと、

「コラ、なにする気だ」

イノマタが、わたしの頭に銃を向けた。

ゆっくりとポケットから手を出して、鍵を見せつけた。扉を、施錠した。

「必要ねえぞ。どうせ帰ってこねえんだからよ」

イノマタが、にやつき顔で囁いた。怖がらせようという魂胆だろう。癪に障り睨みつけると、少し勝手が違ったことに鼻白んだようだった。

階段の際に立った特殊警棒が、誰もいないとイノマタに頷いてみせた。

銃口が、わたしの背を押した。

ビルと高架のあいだを通り、ふたつ先の私道に出た。トヨタの白いバンが停まっている。運

転席から現れたのはボア男。イノマタが電話口でババと呼んでいた奴だ。

後部座席に押し込まれた。隣にイノマタが乗り込んだ。ババが運転席に戻り、ドアを閉めた。他の二人は乗り込んでくる様子がない。わたしを車に押し込むまでの要員だったのだろう。口のマスクを取ろうとして、銃のグリップエンドで蟀谷《こめかみ》を殴られた。意識が飛びかけ、ドアに崩れた。

「勝手に取るんじゃねえ」

朦朧としながら、声を聞いた。髪を引っ張られ、乱暴に上体を起こされた。アイマスクで目隠しをされた。抱きつかれ思わず身を固くすると、腕ごと上体をベルトのようなもので締めあげられた。

「小娘じゃあるまいし、なに体固くしてんだよ」

イノマタは嘲笑《わら》い、わたしの胸を掴んだ。体を振って手を払った。その途端、右の頬に衝撃がきた。全力ではないのだろうが拳だ。肩からドアにぶつかった。ぐったりした振りをする。いや、振りではない。目隠しをされた今は、すべてが不意打ちだ。予期できない攻撃は、数倍、効く。

「先輩、あまりやると……」

「分かってる。おう、車出せ」

車が動き始めた。口のなかに、血の味が広がった。

2

どこをどう走っているのか、見当がつかなかった。

ただ頻繁に停止を繰り返すことからして、一般道なのだろう。

イノマタは時折胸を触り、股間に手を這わせてきたが、わたしが抵抗を止めると興味を失ったようだった。

ババの運転はうまいほうではない。急ブレーキもしょっちゅうで、イノマタは舌打ちし、幾度か声を荒らげていた。罵りたいのはこっちだ。目隠しをされたわたしは、途中から軽い車酔いを覚えた。なにもできない今、松井が間違いなくあとをつけていることを願う。

一時間そこそこ走っただろうか、車が停止したのち、サイドブレーキを引く音が聞こえた。

ここが、聖地。緊張に、体が強張る。

「降りるぞ」の声とともに髪を摑まれた。目隠しのうえに拘束されたわたしは、何度か体をぶつけたすえ、車の外に出た。肘のあたりを乱暴に引かれ、歩いた。靴音の響きかたからして、駐車場だろうか。それなりに広そうだ。足音は、わたしとイノマタだけ。ババは運転席で待機か、それとも引き返すのか。そのあたりのやりとりはなかったので、すでに打ちあわせずみなのだろう。

建物に入ったようだ。空気は悪い。よどんでどことなく埃っぽい。そこに、安っぽい芳香剤が混じっている。

この臭いは、聖地という言葉とはほど遠く思える。

ドアが開き、なかに入った。埃っぽさは消えたが、芳香剤は強さを増した。

「ひでえ部屋だ」

イノマタは舌打ちすると、わたしのアイマスクをむしるように外した。

一時間近く覆われていた目は、ぼんやりとしか視界を結ばない。

だが、薄暗い部屋。壁に何枚もの鏡。緋色のカーペット。安っぽいソファーセット。奥に円形の大きなベッド。どう見てもラブホテルの一室だ。

ここが、聖地？

動揺が顔に現れたのだろう、それをどう読んだか、イノマタはふやけた笑いを浮かべた。

「なんだお前、いい歳して、ぶち込まれるのが怖いのか？」

どこかで話が変わったのか。それとも聞き違いだったのか。拉致は、たんに乱暴するため？

イノマタはわたしのマスクを外し、力任せにガムテープを剝ぎ取った。瞬間、唇を持って行かれるような痛みが走った。

「痛いだろう！」

睨みつけるとビンタが飛んできた。銃をテーブルに置いたイノマタはわたしの髪を摑んだ。

引っ張られベッドに転がされた。

「舐めんなババア。こっちは気が立ってんだ」

荒々しい言葉とともに覆い被さってきた。

「こっちもな、やべえことになってんだよ。もとを正せば、てめえがよけいな真似してくれたからだ」

やべえこととは、玉川とジョニーの逮捕か。玉川には口を噤《つぐ》む義理もなく、詐欺行為を強要のうえ金を巻き上げていたイノマタの存在を明かす。つまりこいつは警察に追われる。

イノマタは、わたしのズボンを探った。身を捩ったもののジッパーを下げられた。

「なああんた、男じゃなくて女が好きなんだって？」

どうしてそれを？

「へえ、やっぱりそうなんだ」

「う、うそ……」

次々と押し寄せる動揺のなか、なんとかその言葉を選んだ。嗜虐心を擽《くすぐ》られた雄は、涎《よだれ》のように言葉を垂れ流す。

「うそ、じゃねえだろう。知ってんだよ。池袋の女エステで、いいことしてんだろう？」

耳元で奴が囁く。気色悪い息がかかる。鳥肌が立った。

「恥ずかしがることあねえ。男の本当のよさを知らないだけなんだからよ」

ごつごつした指が下着をまさぐる。

手は自由にならない。脚を振って暴れた。転がりベッドから逃げようとしたが、俯せになったところで体重を乗せられた。

動けない。

イノマタは愉しむように、わたしのコートを腰のあたりまでたくし上げる。

指が侵入してきた。這うように進み、わたしの深いところに達した。

頭のなかを、閃光が奔《はし》った。

どす黒い閃光に、浮かぶものがあった。

昭和の残渣《ざんさ》のような古びたラブホテル。くすんだピンクの部屋。男と女が吐き出すだけの部屋。欲望が、汗が、粘液が、獣《けだもの》のような声がこびりついた部屋。

わたしにのしかかる、薄汚い中年男。

記憶の底に沈め込んだはずの過去が、わたしを叩く。

イノマタの指が、わたしのなかで蠢く。

「ほらほら、クチャクチャいってんじゃねえかよ」

下卑た囁きが、耳を舐める。

「たまんねえな」

の声とともに、反対の手が腹のあたりに差し込まれていく。手の動きを潰そうと力をこめたが、ベッドの柔らかさがそれを阻む。指がズボンのボタンを探り当て——、外された。

イノマタはズボンを下げにかかった。

荒い息とともに汚らしい舌が、首筋をざらりと這った。

悪寒が走った。

声を上げ、暴れた。

イノマタは体重を乗せ、わたしを抑えつける。

「ほらほら、そんなんじゃあ、びくともしねえ――」

その時、ドアを叩く重い音が部屋に生じた。

上機嫌のイノマタが、舌打ちした。

3

イノマタはわたしから離れ、名残惜しそうにドアへ向かう。途中、テーブルの銃を取り上げた。

そのあいだにわたしは、脱がされかけたズボンを上げにかかった。拘束されたままなので思うに任せない。髪が頬にへばりついている。息が乱れている。一向に整わない。

「俺だ。Aだ」

低い声が聞こえ、「Bさんじゃないんですか」イノマタの声に応じ「そうだ、Sだ」の声が返り、イノマタがドアを開けた。符帳まで決めている周到さに、いやな予感が過ぎる。イノマタはドアに向けて深々と頭を下げた。

「お疲れさまです。お初にお目にかかります。お噂はかねがね――」

「挨拶はいい」

と声を遮り、男が入ってきた。

ジッパーを引き上げながら顔を見て、悲鳴が出かけた。

突き出たアゴ、耳元まで裂けた唇に浮かぶ笑み、赤髪、ひび割れた白塗りの顔に赤い鼻は――、ホラー映画に出てくるピエロを真似たマスク。

そう理解したが、気味悪さは消えるものではない。

「これが、その女か」

マスク越しのくぐもった声は、イノマタに確かめるようでもない。服はダブルのスーツ。イノマタと並ぶと、かなりの巨漢だった。手にした紙袋を床に置き、

「お前、今、なにやってた」

イノマタにマスクの顔を向けた。

「いえ、この女、なにか体に隠してるのではと……」

男はマスクの下で、ふん、と嗤い、イノマタは叱られた小僧のように小さくなった。その様子、お初にお目に、お噂はかねがねという台詞からして、盗聴した際に話をしていた店長より大物のようだ。

「駐車場のバンは誰の持ちものだ」

「盗難車です」

イノマタが応じると、マスクは満足そうに幾度か頷いた。

「上出来だ。乗ってきた車は都心に入る前に捨てろ」

はいと頷いたイノマタに、スーツのポケットから剝き出しの札を出し、向けた。十万円ほどというところか。

「これで飯でも食え」

ありがとうございますと恭《うやうや》しく受け取ったイノマタから、見せてみろと銃を取り上げた。

「お前、こんな玩具持ってるのか」

「昔、ちょいとヤンチャやって脚を怪我したんで。護身です護身」

イノマタの言葉を無視し、ピエロはスライドを後退させ、リリースボタンを押しマガジンを引き抜く。銃を眺め、再びマガジンを押し込み、スライドを戻した。

よどみない手慣れた所作だった。

「護身な……。撃ったことはあるのか？」

「はい。フィリピンで何度も。これでも腕には自信が。そいつも中国製ですが、モノはいいです」

得意げなイノマタを、ピエロは鼻で嗤った。

「サツに職質されたら終わりだぞ。覚えておけ、こういうものもうちは御法度だ」

それからわたしを見て、立てと命じた。わたしがベッドから離れるのを待って、

「手錠だけ取ってやれ」とイノマタに指示した。

「はい」と頷いたイノマタに、

「日本のサツじゃあるまいし、どうして前手錠なんぞかけた。確実に自由を奪うなら後ろ手だ。抜かるんじゃないぞ。万一盾にされたら、お前も一緒に撃つ」

ピエロは、銃の安全装置を外した。

固い顔で頷いたイノマタは、わたしを警戒しながらちゃちな鍵で手錠を外した。

続いてわたしに近づいたピエロは、銃を向けたまま片手で、上体を拘束するベルトを外した。ベルトをベッドに投げ捨てつつ、わたしから距離を取った。

銃を向けたまま、「脱げ」と、短く告げた。

わたしはピエロを睨みつけた。

「気の強い姐チャンだな。安心しろ。上の連中がお前にぶち込むかもしれねえから、その前にいいか、穴は汚すな、と命じられている」

それから、イノマタに声を投げた。

「俺が早く現れてよかったな。お前が女に突っ込んだあとだったら、ただじゃあすまなかったぞ」

イノマタは神妙な声で、すいませんでした、とピエロに詫びた。

「でも、汚らしい指でさんざん掻き回されたわ」

腹いせで吐き捨てると、イノマタの顔が強張った。ピエロがイノマタに銃を向けた。イノマタが喉の奥で悲鳴を上げ、縮み上がった。

「どの指を、突っ込んだ」

震えるばかりのイノマタは、とっとと答えろと急かされ、人差指と中指を、おずおずと上げてみせた。

「一応、黙っておいてやる。だが代表に知れたら、その指、折られるぞ。代表は、そういうことが好きなお人だからな。覚悟はしておけ」

固まったイノマタをよそに、ピエロは足許の紙袋を掴むとわたしに放った。受け止め、なかを覗く。ピンクのスエットが入っていた。

「それに着替えろ」

「こんなダサい色、冗談じゃない」

「これから場所を変えるんだが、なんなら道中、素っ裸でもいいんだぞ」

しばらく、ピエロを睨んだ。向こうがマスクの下で浮かべている表情は分からない。わたしはスエットだけを引き出し、紙袋を後方のベッドに投げた。

浴室に向かおうとしたところ、「どこに行く」と止められた。

「目の前で着替えるんだ」

この野郎……。

コートを脱ぎ、ベッドに置こうとして、

「脱いだら、こっちに放れ」

命ぜられ、乱暴に投げつけた。ピエロは手を出そうとはせず、コートは床に落ちた。

「ちゃんと受け取ってよ」

文句を言ったがピエロはわたしを無視し、拾え、とイノマタに短く命じた。

「なかに入っていたものを全部、そこのテーブルに置け」

コートに取りつけたボタン型の発信器とＧＰＳに気づかれないか、冷や冷やした。だがイノマタは完全にピエロに竦み上がり、そこまでは頭が回らないようだ。ティッシュ、ハンカチを置くと、ソファーにコートを投げた。

「さっさと脱げ」

急かされ、スーツの上を脱ぎ、投げた。しばらく睨みあい、いったん靴を脱いでズボンを脱いだ。それも向こうに投げる。スマホ、部屋の鍵、財布が、テーブルに並んでいく。

「シャツもだ」

「ここにはなにも――」

「いいから脱げ」

シャツを脱ぎ、下着姿にさせられた。スエットを手にしたところで、

「下着もだ。全部脱ぐんだ」

頭に血が昇った。ふざけるな。なんでてめえの前で……。

「おい、ソファーのクッション寄こせ」

ピエロはイノマタからクッションを受け取ると、銃の前にあてた。

「この程度の銃なら、撃ったところでたいした音はしない」

「ここで殺したら、あんただってまずいんじゃないの」

「殺さないように撃つ」

よどみのない返答には寸分の迷いも感じられない。

「見たいなら見なさいよ！」

わたしは吐き捨ててストッキングを脱ぎ、下着の上と下を取った。これでもう、隠すものはなにもない。意思とは関係なく体が震える。

「まだだ。バンザイしろ。ゆっくりと廻れ」

命じられるがまま、ひと廻りした。イノマタのにやけた顔に唇を嚙んだ。

「気がすんだ？」

震えを抑えて、睨みつけた。

「いい体をしてるな。だが、女の体じゃない。えらいマッチョじゃねえか」

ピエロは、考えるような口調だった。しばらくあって、

「シスか？」

なに？

「ムゴーじゃないのか」

さらに言葉を被せられたが、理解できない。

ピエロはそれ以上なにを言うでもなくわたしを見ていたが、やがて、

「スエットだけ着ろ」

言われた通りにし、靴を履いた。

「そっちじゃない」

聞こえない振りをした。

「紙袋に靴がある。それを履け」

目の前が暗くなった。

まさかここまで……。相手の力量を読み違えていた。

紙袋からスニーカーを出し、履いた。

「ブカブカで履きにくい」

文句を言ってみたが、裸足でもいいんだぞと言葉が返っただけだった。

「トイレに行かせて」

「なんだ、クソか」

屈辱に胸が締めつけられた。マスクの奥の目は、冷ややかにわたしを見ている。

「違う」

「ションベンか」

睨みつけ、首を小さく縦に振った。

部屋のトイレに向かった。ピエロは銃を構えたまま、ついてきた。

「ドアは開けたままでしろ」

「この変態！」

「お前のションベンを見たいんじゃない。トイレで妙なことをするつもりじゃないのか」

スエットを降ろし、便器に腰を下ろして、用を足した。

ピエロは、じっとこちらを見ている。

膝が、震えた。

拳を握った。

俯き、奥歯を食いしばった。

部屋に戻ったあと、膝をつかされた。縄で後ろ手に縛られた。隙のない縛法《ばくほう》だった。次に足首も自由を奪われた。

「これじゃあ、歩けない」

「担いでやる」

ピエロはつまらなそうに言うと、テーブルのスマホを取り上げ、床に落とした。踵で踏みつける。二度、三度。ガラスが割れ、スマホは見る影もなくなった。

「ほら」

ピエロは、イノマタに銃を渡した。

「いいな、こいつは御法度だ。捨てろ」

イノマタが「はい」と頷いたのを見て、ピエロはテーブルの財布を手にし、免許証のみ抜き取ってポケットに入れた。

「外は寒いからコートくらい羽織らせて。お願い」

そこに、一縷の望みをかけた。

「ダメだ」

冷たく一蹴された。

十章

1

目隠しと猿ぐつわをされて、ピエロの左肩に担がれた。

「騒ぐなよ」

尻を数回、からかうように掌で叩かれた。

まさか衣服を、しかも靴まで替えさせられるとは。ＧＰＳ、盗聴器、すべてが手許から離れ、松井はわたしを追跡できなくなった。当然、警察にわたしの居場所を通報もできない。

駐車場に出たことが、反響する音で分かった。

このままでは……。

身を捩って暴れた。

「往生際が悪いぞ」

ピエロの腕に力がこもる。かまわず体をバタつかせると、ふわりと宙に浮いた。

なにっ？

と訝った瞬間落下し、

――――！

腹に重い衝撃が落ちた。

息がつまった。胃のなかのものが逆流する。嘔吐をこらえた。えずき、咳き込んだ。転がり、痛む腹部を無理やり反らせた。涙が出た。喉を鳴らして空気を貪るなか、

「暴れるからだ」

激高するでもないピエロの声を聞いた。

「吐くなら、早いところ吐け。猿ぐつわをしてるんだ。うまいこと吐かねえと窒息するぞ」

悶絶《もんぜつ》するわたしをしばらく見ているようだったが、やがて先ほどと同じように担ぎ上げた。

抵抗は止めた。それどころではない。咳が止まらない。うまく息ができない。体に力が入らない。ただ、今されたことへの理解はあった。ピエロは暴れるわたしを肩から落としつつ膝立ちになった。わたしは、奴が立てた膝に腹からまともに落ちた。

ピエロは立ち止まった。今度は横向きにどさりと落とされ、ばたんと音がし、すべての気配が遠ざかった。トランクに入れられたと理解した時にはエンジンがかかり、車は動き始めた。

銃の扱い、周到さ、冷静さ、そして容赦のなさ。そこらのチンピラではない。絶望が押し寄

せるなか、車は頻繁に停車を繰り返した。信号か、それとも尾行を警戒しているのか。十分ほど走ると悪路に変わり、激しい揺れにあちこち体をぶつけた。

車が止まり、エンジンが切れた。トランクが開き、担ぎ出された。ひんやりした空気に身が縮こまる。どさりと冷たい床に置かれた。また、ばたんとトランクの閉まる音を聞いた。車を替えたようだった。衣服の件といい、用心深い。それは実際、功を奏している……。

またしばらく、トランクのなかで揺られた。車を替えたのちも、ピエロは頻繁に停車を繰り返す。Uターンする気配もあった。

やがて舗装が切れ、タイヤが砂利を踏み始めた。車体が左右にひと際大きく揺れる。一分と経たず車は止まり、エンジンが切れた。

今度こそ、聖地に着いたのだろう。

トランクが開き、また荷物のように担がれた。ダメージからはほぼ回復しつつあったが、この段階での抵抗は止めた。樹の香りが濃い。砂利を踏む足音に混じり、時折、野鳥の声が聞こえる。

木のステップを昇る音が五回。山荘のような建物だろうか。

ドアが開く音。スニーカーを、叩くように脱がされた。ピエロは、また歩く。もうひとつドアが開き、冷えきった体が暖気に包まれた。

「連れてきました」

ピエロが声を上げ、

「ごくろう。随分、可愛い色の服を着せたじゃねえか」

低い声が笑いまじりに応じた。

「一応、服はすべて替え、免許証だけ持ってきました。車も乗り換え、尾行も確認しています」

「やはり、例の女か？」

「かも、しれません」

「どれ、まずは一度、顔を拝んでおくか」

わたしは肩から降ろされ、後ろに回した手首を摑まれたまま、立った。

「おう、いいぞ外せ」

そう声がしたあと、猿ぐつわと目隠しを外された。

天井の高い、ロッジ風の広いリビングだった。十五帖、いやもっとあるかも。床は木。壁は木と煉瓦。天井にはキャンドルを模したシャンデリア。エアコンのみならずわたしから見て右奥には本物の薪ストーブもある。

正面の壁にはカーテンがかけられていた。カーテンの奥には大きな窓でもあるのだろう。手前には毛足の長いカーペットと巨大なローテーブル。上にパソコンと書類の束、ウーロン茶などの缶飲料。そのテーブルを囲んで、ロースタイルのソファーがコの字に並ぶ。七、八人は楽に座れるスペースにいるのは三人。皆、スーツでホラーマスクを被っていた。中央にゾンビ。わたしから見て右がドクロ、左がフランケン。

「ふん。さして顔色も変えねえか」

正面に座るゾンビが、くぐもった声を上げた。

「姐さん、あんた随分派手に暴れてくれたらしいな」

わたしは答えない。沈黙で向こうの言葉を引き出そうとした。それが半分。あと半分は、恐怖。喉に湧いた唾を、悟られないように呑み込んだ。

「まあ、とりあえず地下に放り込んでおけ」

ゾンビは、ピエロに命じた。

「い、先客がいますが」

「一緒でかまわねえ。共食いはしねえだろう。したら、しただ」

ピエロの言葉を、ゾンビは嗤った。

ピエロはわたしを担いだ。今度は目隠しはされなかった。視線を巡らせて、リビングを目に焼きつけた。

2

ピエロは建物の出入り口とは逆方向、リビング奥右端のドアから廊下に出た。奴の背中側を頭にして担がれたわたしには、前方が見えない。

廊下の幅は一メートルほど。リビングとは異なり寒い。照明も薄暗い。左右の壁はコンクリート。左側にふたつ、ドアがあった。右の壁にはなにもない。数メートル進んだピエロは左に折れた。廊下はそこで終わっていた。角には外へ出る裏口どころか窓もない。ピエロは階段を下り始め、薄暗さが増していく。空気がさらに冷えていく。階段は十数段で終わったようで、鍵を差し込む音が聞こえた。扉を開けたことが気配で分かる。放り投げられた。両手両足を縛られたままでは満足に受け身も取れない。少し膝を打ち、転がった。

「しばらく一緒にいろ」

その言葉とともに扉が閉まり、施錠された。足音が階段を昇り、遠ざかった。

部屋は四帖半ほど。不格好なL字型で、四方すべてがコンクリート。出入り口は今の一ヵ所だけ。窓はない。天井の蛍光灯は、長いあいだ換えられていないようで薄暗い。隅に小さな排水溝。素っ気ない作りからして物置のようだが、モノは置かれていない。

ただ、人が転がっていた。

色違いの黒いスエットの男は、わたしと同じように手足を拘束されている。金髪で五十歳ほど。瞼や唇がひどく腫れ赤黒く変色した顔は、激しく殴られたボクサーのようだ。変わり果てているが、見覚えのようなものがあった。

ジョニーを調べた際に見た、睦見太郎の写真。髪の頭頂部を尖らせ眉の端が吊り上がった、目つきの鋭い男。あの顔に二十年ほどの歳月を加えたら、こんな顔になるのでは。劇団研修生小暮の言葉だと睦見は金髪だった。その点も合致する。

でも、どうしてここに。

探るような男と、目があった。

「あなた、大丈夫?」

「なわけ、ねえだろう」

男は嘲笑おうとしたようだが、痛みに呻いた。

「派手にやられたようね」

言うまでもなく見れば分かる。陳腐な台詞だ。ただまずはこの男と意思疎通がしたい。

「あんたも、そんな呑気なことを言っている場合じゃねえぞ」

呑気なつもりはない。あんたみたいに諦めてもいない。立ち上がり、どこか逃げ場がないか、改めて見回した。

「無駄だ、逃げられっこねえ。今日ここに連れてこられたからには、どうせあんたも殺される」

男は、血の混じった唾を吐いた。

「あんた女のくせに、なにをやったんだ」

「あんたこそ、男のくせに」

言ってやると、男は苦笑した。

「面白いな、あんた。全然めげてるようでもない。俺は……、ああクソっ！　なんて下手打っちまったんだ」

男は舌打ちをしてから、壁のL字が作る角を背に立ち手首を上下に動かし始めたわたしを、不思議そうに眺めた。

「手の縄なんぞ切ったところで、どうにもなるもんじゃねえぞ」

ネガティブな言葉はいらない。無視して、腕を動かす。

「で、どんな下手打ったのよ」

「ああっ、俺か？　スケベ心でやらかした金儲けが、ばれちまったのよ。ほんのつまみ食いのつもりだったんだが、それが妙な方向に転んで、このザマだ。あんたこそなにやって、連中の怒りに触れたんだ」

　考えた。

　この男が睦見だとしたら、どこまで話すべきか。

　ここを逃げ出すための武器は、部屋になにひとつない。唯一武器となりうるかもしれないのは、この男。

　気が逸れ、

「痛っ！」

　手首をコンクリートで擦った。幾度か手を振って痛みを散らし、角度を調整した。

　手持ちのカードを頭のなかでどう並べるかも面倒だ。正直、この状況でそんな冷静さもない。そっちに気を取られると、またコンクリで手首を削る羽目になる。それに、この男とどうこじれたところで、一枚だけ、とっておきのカードの存在に思いあたった。

「大久保のオレオレを潰したのよ」

　途端、男の表情が変わった。

「て、てめえか！　おかげで俺はこんな目に遭ったんだぞ！」

　吠えたが、寝転がったままではなんの迫力もない。

「あんた、あの支店で働いてたの？」

「俺はレク屋だ！」

「レク屋って、サギ電のかけかたをレクチャーする人でしょ。じゃあ、関係ないじゃない」

「あそこが潰されたせいで、巡り巡っておかしくなったんだ！」

「巡り巡った責任までこっちに押しつけられてもね」

わたしは、肩を竦めてみせた。

男はしばらくわたしを睨んでいたが、

「なんで、あの支店を潰した」

吐き捨てるように訊いた。

「気に障ったから」

「はあっ？」

男は呆けたような表情を向けた。

「それだけか？」

「それだけ」

「そんなことで潰したのか」

「潰した」

男は腫れた口を、ぽかんと開けた。

「いったい、どういう思考回路してんだ。連中、頭にきてるぜ」

「連中って、上にいたあいつら？」

「ほかに誰がいるんだよ」

「あいつらって誰なの？」

「はっ？　そんなことも知らねえのか。お前もしかして、天然か？」

吐き捨て、それでも続けた。

「奴ら、あんたが潰した支店の幹部だよ。ヘンテコなマスク被ってあんたをここに運んできたのは、秘書の桜田《さくらだ》って奴だ。いちばん厳《いか》つい痘痕面《あばたづら》が、代表の長田《おさだ》。あとの二人が金主で、つるっパゲが樋口《ひぐち》。頬に疵のあるのが江崎《えざき》」

「みんな趣味の悪いマスクしていたから、顔なんて分からない」

そう言うと、男は少し驚いたように息を呑んでから、フンッ、と吐いた。

「相変わらず慎重な奴らだ。最後の最後までリスクを考えていやがる」

「それって、わたしに顔を見られること？」

「用心してんだよ。奴らはあんたの前じゃあ、きっとお互いの名前も言わないぜ。あんたが死ぬ瞬間までな」

知られなければ、繋がらない。

「奴らはすべてにそうやって、自分たちが芋づる式に捕まるリスクを極力減らすよう心がけてきたんだ」

「そんな連中が、こんなところでなにをしてるの？」

「奴らは今、年に一度の大会議の真最中よ」

「三人しかいなかったようだけれど。随分少ない幹部ね」

「そのほうが意思の疎通は早い。分け前も大きい。もっとも、実働部隊の店長は、別に十数人いる」

「そいつらもここにやってくるわけ？」

そうなったら、逃げ出すのがますます困難になる。

「ここはそういうところじゃない。店長の誰もこの場所なんざ知らねえよ。知っているのは聖地という言葉だけだ。古くからのつきあいの俺だって、今日初めて連れてこられた。ただ見ての通り、ろくな用じゃなかったわけだ。あんたもこれから裁判だぜ」

「あなたは？」

「この顔を見な。俺はもう終わった。判決は死刑。あんたの判決も実際にはここにきた時点で出ている。もちろん弁護団もいねえ。死刑だ。俺は殺されるだけだが、女のあんたはさんざん強姦《まわ》されて、挙げ句に殺されるんだろうな」

巡り巡ったことへの腹いせのつもりか、男は嗤った。

「顔を見せなかったというのは、わたしと取引をするつもりかも。それに、殺人だなんて」

そんなことは思ってもいないが、わざと言ってみた。

「おめでたい考えだな。奴らは過去に何人も殺している。俺だって、消された奴らの噂話はいくつか聞いている。連中はもとを正せばヤミ金や暴力団。ただもしもしと、電話かけているような奴らじゃあない。なあ、この国で年間、どれだけの人間が行方不明になっているか知ってるか？」

その程度は知っているが、わたしは答えない。手首の角度を小まめに調整しながら、縄をコンクリートの角に擦り続ける。

「八万人だとよ。その数字だって届けが出た連中だけだ。本当はもっと多い。消された奴らもたくさんいるはず。俺たちもそうなるんだよ」

なるものか。秘かに反発する。

「あなたはどんなつまみ食いで死刑なの？　どうせ死ぬなら教えてよ」

「古いダチに泣きつかれて、そこの若い小僧を俺がやるレクに潜り込ませたんだ」

「その程度で死刑？」

「だから、あんたのせいなんだよ」

男は吐き捨てるが、わたしは演技ではなく眉をひそめた。流れがまったく読めない。そんなわたしに苛ついたように、男は言葉を重ねた。

「かけ子の世界は、あれでなかなか奥が深い。ガンガン教え込まねえと身にはつかねえ。小僧はレクに参加して死に物狂いでひと通りを体に叩き込み、途中でドロップアウトして消える。あとはダチのところに戻ってオレオレをやる。俺にはマージンが入る。そういう計画だった。で、その時のレクがたまたま、あんたが潰した大久保支店用のものだった」

縄が切れていく感覚がある。男の言葉を聞きながら、作業に集中した。

「あんたは支店を潰し、皆、警察にパクられた。ただ、うまく逃げた奴が一人だけいたんだ。そいつは暇を持てあますなか、オレオレの記事と受け子の写真をたまたま目にした。まあ、写真といってもかなりピンボケだったんだが、じつは受け子に特徴があってな、それが記事になっていたんでピンときたようだな」

「特徴？」

「ああ。俺もレクをやった際に気にはなっていたんだが、小僧の顔にゃ目立つところにホクロがあったんだよ。多分そのホクロが決め手となって、レクをドロップアウトした小僧と結びついた。それで小僧を強請《ゆすり》にかかったんだ。ところが小僧は自殺しちまった。すると今度はそいつは小僧を操っていた俺のダチを脅しにかかったんだ」

小僧が大和。ダチがジョニー。脅したのがイノマタ。そういうふうに話が繋がっていたわけだ。やはりこの男は、睦見。

「随分、巡り巡るのね。そんなのわたしに関係ないでしょ。第一あんたはどうして、ダチを強請った奴を説得しなかったの？」

「こっちだって、こっそり小僧を参加させた弱みがある。それに要求された金はたかだか二千万円だ。それさえ払えば、あとはやり放題。そのくらいはみかじめ料代わりだと思って我慢しろとダチに言った。もしそれ以上を求められたら、その時こそ俺が口を利いてやる。そういう話にしたんだ」

もっともらしく言うが、要はその時点でこの男は腰が引けていたわけだ。

「ところがダチは無理をしたようで、警察に捕まっちまった。ダチは、この業界の人間のように口は固くねえ。サツに締めあげられれば歌っちまう。そうしたら間違いなく俺の名前が出る。長田はそこから自分たちに捜査の手が伸びるリスクを危惧した」

「でも、あなたがダチとやらと組んでいた事実を、どうして長田が知っていたの？　ダチを脅して金を奪おうとした奴が、長田に告げ口するはずもないでしょ」

男は、しばらくわたしを見た。

「あんた、なかなか頭が切れるな。ちゃんと話を理解している。だが、長田はもっと頭が回る。あいつは、俺とダチがつるんでいた過去を承知している。俺のダチがオレオレで捕まった。どうしてオレオレに手を染めたのかと考え、俺とダチが秘かに組んでいた可能性に思い至った」

「証拠はないんでしょ。なのにあなた、ゲロしたんだ」

わたしの言葉に屈辱を覚えたか、男の口調が荒くなった。

「俺だってサツ風情相手なら緘黙《かんもく》してやる。ただ長田は、どうしたら人が歌うか、心理って奴を知り尽くしている」

「赦してもらえないの？」

男は、嘲笑った。

「支店を潰したあんたが、赦されるはずがねえだろう」

「わたしじゃない。あなたよ。少なくとも仲間だったんでしょ」

「そんなものは関係ない。あの人は裏切りを赦さない。泣いて馬謖《ばしょく》を斬るんだと、嬉しそうに言いやがった」

「それで諦めて、寝転んでいたんだ」

「バカか。知ったような口をききやがって。ここまで追い込まれて、なにができるって言うんだよ。ただ、あんたと話をしたおかげでひとつだけ思い当たったぞ。ダチを揺すったあのガキのことは、殺される前にばらしてやる。せめてもの腹いせだ」

わたしは諦めない。

こんなところで殺されて、たまるものか。

手首に、力をこめた。

がりっ。

手応えとともに手首が自由になった。あちこち傷だらけになった手首を揉み、指を動かして血行をよくする。

「ねえ、ところでレク屋って、演技もうまいの？」

「なんだ唐突に」

「どうなの」

男はつきあいきれないというような顔をし、それでも渋々、応じた。

「他のレク屋のこたあ知らねえが、俺はこれでも昔は役者だった。声も形態模写もガキの頃からうまくて、二十面相って言われてたんだ」

「じゃあ、ピエロのマスク被ってた桜田のモノマネって、できる？」

男は首をかしげた。

なにを考えてるんだ？

腫れ上がった顔に、そう書いてあった。


考えを、男に告げた。

「そんなこと、できるのか」

疑うような顔に、

「黙って殺されるよりはいいでしょ。どうするの。やる？　やらない？」

その言葉を突きつけて、迫った。

死にたくない。

理屈ではなく本能。そのカードが、男を決断させた。

「あなた、名前は？」

訊くと男は、この段になっても警戒の目を向けた。

「一応パートナーなんだから。お互い名前くらいいいでしょう。わたしは林田」

「睦見だ」

わたしは、頷いた。

睦見の手の縄を解いてやり、声を失った。

左の小指と薬指がどす黒く腫れ、あらぬほうに曲がっている。

「長田に折られたんだ、時間をかけて、ゆっくりとな」

その時の光景を思い出したか、声が強張った。

ピエロがイノマタに告げた言葉が過ぎった。

――その指、折られるぞ。代表は、そういうことが好きなお人だからな。

「あいつは指に執着があるんだ。若い頃、奴なりに体で覚えたんだろうよ」

睦見は、長田の執着のエピソードを語った。同時に、睦見が歌ったわけも理解できた。

指を曲げ、痛みを加えていく。すぐには折らず痛みと恐怖を与え、じわじわと極限まで曲げ、そのすえに、ぽきりと折る。相手が吐くまで時間をかけて、一本一本、折っていく。

痛みと恐怖。

折るのは、指だけではない。心も、折る。

心を折られた者は、屈服する。長田に対する恐怖を本能に刻みつける。

ふと芽生えた危惧があったが、今ほかに手段はない。頭から振り払った。

「握れる？」

問うと、一瞬なんのことかと訝ったようだが、折られた指を見て、

「いや」と顔をしかめた。

「我慢して」

顔に不安を宿した睦見に、

「その指じゃあ、すぐにばれる。せめて握っておかないと」

有無を言わせずスエットの袖を噛ませた。手を取って指を握り、

「行くわよ」二本一気に内側に戻した。

「ぐはっ！」

睦見は指を押さえて悶絶した。胎児のように身を屈め、脚のあいだに指を挟んで震える。

ゴメン。

わたしは、彼の背をさすった。

やがて、荒い息が引いていく。

振り向いた目が、涙に濡れていた。

「この野郎……」

声にならない声で、毒づいた。

「ゴメン。でも、助けてあげるから」

「助からなかったら、ただじゃおかねえぞ」

吐いた台詞に、力はなかった。

3

できる限りの情報を、睦見から聞き出した。

マスクをした三人の年齢。武器。特に銃の有無。ラブホテルでピエロがイノマタに語っていた言葉からすると銃はなさそうだが、だろうですまされるものではない。

あと、この建物の作り。近隣に民家の有無。奴らがここまできた交通手段。

三人はほぼ五十歳前後。秘書のピエロ――桜田も同世代。銃はないが、ナイフ程度は持っているだろう。ここは相模原山中に位置する山荘で、周りに民家はないはず。一キロほど離れたところにバブル期に建てられた別荘地があるが、今は廃墟と化している。奴らの足は車。おのおの乗りつけた。したがって車は四台。すべて建物のすぐ下に駐車している。建物の所有者は長田。元ヤミ金でこの組織のトップ。さきほど睦見を裁判にかけた際には中央に座っていた。つまり、ゾンビのマスクを被り、わたしに声を上げた男が長田だろう。八年ほど前、今の組織を立ち上げる時にあの三人がここに集まり、結束を誓いあった。『聖地』の名は、そこからきている。

念のために訊いた。シス、ムゴー。桜田がわたしに向けて放った言葉に、睦見は首をかしげるばかりだった。

会話をしながら、体を暖めた。冬の地下室。身につけているのはスエットのみ。靴も入り口で脱がされた。体をほぐし、頭のなかで浮かべた動きをなぞる。

「あんた、何者なんだい」

「助かったら、教えてあげる」

教える気などない。適当に語るのも面倒だった。まず第一ステップをうまく乗り切る。そこに集中。嵌まればほんの一瞬でクリアできる。嵌まらなければぐだぐだになって、上の連中に悟られ、そこで終わりだ。

座っているのも辛いのか、睦見は横になり、目を閉じた。わたしはウォームアップを続ける。体は暖まっているが顔に汗は掻かない。そのレベルを心がける。

「きたぞ」

睦見が、怯え声で囁いた。わたしは部屋の奥に横になった。足を軽く縛り、睦見の手を縛っていた縄を手首に巻き、待つ。解錠の音に次いで扉が開いた。わたしは寝転んだままで仰ぎ見た。ピエロのマスクをつけた桜田が、部屋に入った。

「待たせたな」

わたしに近づき、肩に抱え上げる。瞬間、マスクに手をかけて回し、桜田の視界を奪った。奴が反射的にマスクに手をかけた隙に、首に縄を巻きつけた。足をばたつかせて足首の縄を外す。その勢いを利用して桜田の背中側に着地し縄を引いた。

睦見が強張った顔で見ている。

「睦見っ！」

低い声で怒鳴りつけると、慌てて扉を閉めに向かった。

尻もちをついた桜田は、上体をひねってわたしの脚に抱きついてきた。避けようとしたが右脚を摑まれた。

奴の首に回した縄が緩む。

マスクを両手で摑んだ。

脚にしがみついた桜田はわたしを押し倒そうとする。

なんとかバランスを保ちながら頭に左膝を叩き込んだ。

くぐもった悲鳴が上がり桜田の動きが切れる。その隙に奴の腕から脚を抜き、顔面を蹴り抜いた。

マスクを摑んで二度三度と床に叩きつけてから俯せにし、奴の首にかかる縄を握り直した。

膝で背中を抑え上体を反らせた。

全身を使い、奴の首を絞めた。

藻掻《もが》く桜田の喉の奥で、つまったような異音が聞こえる。

十秒、二十秒……。

でたらめに動かす手が、緩慢になった。この男に受けた屈辱が過ぎる。絞め殺したい欲望を抑え、縄を放した。首に腕を回し、絞め落とすに留めた。ぐったりした桜田から離れ、床にへたり込んだ。口を大きく開けて、荒い呼吸をくり返した。もう動きたくない。でも、

「急ぐよ」

蒼い顔の睦見を促した。

仰向けにしてピエロのマスクを取ると、口から泡を噴いたナマズのような顔が現れた。どうしても気がすまず、一発だけ拳を振り下ろした。鼻が潰れ、血が流れ出た。

情けない下着姿になった桜田を厳重に縛り、地下室に鍵をかけた。奴のポケットにはスマホもナイフもなかった。所持品は財布、小銭入れ、車のキー、ハンカチ。車のキーはわたしが預かった。

できれば睦見にわたしを担がせたかった。だが、背丈こそ桜田と同じほどだが睦見は痩せている。そのうえ暴行を受け、アバラもやられている。仕方なく自分で歩いた。理由を問われた時の回答例は、事前に睦見に伝えた。

手首に形だけ縄を巻き、素足でコンクリートの階段を上がった。桜田の服を着てピエロのマスクを被った睦見が後ろに続く。スエットの上から服を着せたことで、うまく体型をごまかせているように祈る。

廊下のどこかに外に通じる出口があればと淡い願いを抱いていたが、先ほど見落としたはずもない。ふたつあるドアのひとつはトイレ。水洗のレバーを上げて水を流した。トイレのほうは睦見から聞いていたが、もうひとつのドアの奥はがらんとした掃除用具入れだった。

睦見を振り向き、いいね、と目で合図し、ドアを開けさせた。肩を押されてリビングに入ると、暖気が体を包み込む。後ろで睦見が生唾を呑み込む音が聞こえた。マスク姿の男が三人、先ほどと同じようにソファーに座っている。

「おう、遅かったな」

ゾンビマスクが声を上げた。中央に座ったこいつが、長田。

「なんで歩かせた」

長田は見すごさず、指摘してきた。

「じつは抱え上げようとしたらこの女、ションベンが漏れると」

ピエロが、桜田の声色と口調で応じた。嘲りも混じり、とりあえずはそれらしく演じている。

「で、させたのか？」

「今、廊下のトイレで。こいつ、長《なげ》えションベンを、ジョロジョロと」

そこまで言うか？

顔が熱くなる。

本気でピエロを睨みつけた。

ふっ。

ゾンビマスクの下で嘲笑が上がった。

「姐ちゃん、すっきりしたか」

演技ではないわたしの反応に、トイレで時間を要したものと長田は理解したようだった。

実際にはトイレになど行っていない。ちっともすっきりなんかしていない。

「なんでここに連れてこられたか、分かるな」

「分からない。なにも悪いことはしていない」

「ところが、したんだよ。俺たちに対して悪いことをな。なあ、なんで大久保の店を潰したんだ」

「別に」

「どこかの女優じゃあるまいし、きちんと答えろ。人間には動機ってもんがあるだろう」

睦見から、この男はヤミ金上がりだと聞いた。マスク越しにもドスの利いた、恫喝《どうかつ》に適した声だ。気の小さな者なら、この声だけで震え上がる。

「知りあいがオレオレに遭った。それで頭にきたのよ」

長田たちの目を、自分に引きつけようと試みた。隙をみて睦見が壁のスイッチを押し、部屋の電気を落とす。同時にわたしも動く。攪乱して部屋を飛び出し、桜田の車で逃げる。車のキーはわたしのポケットにある。

「頭にきたくらいで、あんなことをするものか。やろうとしたところで、ふつうの女にできるもんじゃない」

長田の声が、力を増す。

「あんたが、世の女を見くびっているだけ」

嗤ってやった。

「この期に及んでふざけやがって。お前、じつはムゴーなんだろう?」

桜田に続いて長田まで、その言葉を口にした。長田は沈黙した。わたしに浮かぶ表情を読んでいるようだ。やがて、

「あんた、林田っていうのか」

林田?

長田は、テーブルに置いたカードを手にした。

「林田佳子。本籍地千葉県市原市、現住所杉並区高円寺南三丁目……」

長田は、林田佳子の免許証を読み上げている。

どうして……？

イノマタは宅配業者を名乗った時、わたしの名前を口にした。それがどうしてここでは林田なのだ。名前という基本情報が、なぜこの男に伝わっていない。

わたしに浮かぶ疑問には気づかず、長田は自分の台詞を続けていく。

「おかしいな。あんたのヤサは、高円寺ではなく大久保じゃないのか」

「誰から聞いたの？」

「もっと知ってるぞ。うちの支店があったビルの隣に、あんた、住んでいるんだろう？」

ますます分からない。そこまで話が伝わりながら、どうして。

「面倒だから住所を変更しなかった。今度の免許更新の時に訂正するわ」

長田は、嗤った。

「なにが訂正だ。こいつはニセモノなんだろう？」

免許証を振ってみせる。

「じゃあ、わたしは誰？」

「名前は分からない。だが、コードネームは分かる。シス」

「なにそれ」

「うちの大久保支店を潰したのは、頭にきたんじゃなくて仕事だろう」

わたしが無反応なのに苛ついたように、長田は言葉を重ねた。

「あんたはこんなところに拉致されながら、怯えるでもない。こっちだってダテに長い年月、こういった稼業をやってるんじゃねえ。いろんな奴を見てきた。あんたのその目は、ふつうの女じゃない」

「じゃあ、どんな女なの」

わたしは長田から、さらなる言葉を引き出す。平静を装いながら悩む。考える。焦れる。

なぜ林田なのだ。長田はわたしを誰と勘違いしている。睦見、お前なぜ動かない！

「俺はヤミ金の頃から、警察とだってある意味、持ちつ持たれつでやってきた。情報を耳打ちしてくれる奴がいるんだよ。国家権力が法を無視して、庶民を取り締まる。そんな組織ムゴーというのが極秘裏に立ち上がった。リーダーは、シスとかいうやべえ女だとな」

低く重い声で告げる言葉に、浮かび上がる顔があった。それが表情に出たようだった。

長田はどうだとばかりに頷きながら、わたしの斜め後ろに指を向けた。

「そこのピエロから聞いている。あんたを素っ裸にしたが、女の体じゃない。鍛え上げられているとな。そうだな」

「は、はい。ふつうの女じゃありません」

長田に振られた桜田が、いや、ピエロの面を被った睦見が応じた。長田は少し首をかしげたようだが、

「そういうことだ。じつは最近、そのムゴーが特殊詐欺対策に乗り出すという話が流れてきたんだ」

「そういうリークをするクソが、警察内部にいるわけ？」

「クソはムゴーだ。第一、俺らみたいな悪役がいるから、警察の正義が成り立つんだろうに」

長田は、愚にもつかない理屈を口にした。

「悪がいなくなってみろ。活躍する場がなくなりゃあ、正義も商売上がったり。そうしたら食っていけなくなる。だから物語が続くよう、お互いに心得てうまくやっている。そこに正義漢ぶって土足で踏み込むてめえらこそ、クソって奴だろうが！」

長田は、吠えた。

「言ってることが分からない」

わたしは肩を上げ、視線をあらぬほうに向ける振りをした。そしてピエロをうかがった。

どうしたの、あんた！

「素直じゃないな。なんなら、体に訊くか」

「だから素直に、違うと言っているじゃない。それともわたしをどうしてもムゴーに仕立て上げたいの？」

ふいに、長田は黙った。会話のリズムが途絶えた。

長田はわたしと後方のピエロ、双方に目を向けているようだ。

「いいわ。わたしがムゴーだとして、どうさせたいわけ？」

奴の興味をこちらに向けさせようとした。

「ピエロ、いや、桜田」

長田はわたしに目もくれず、低く重い声で呼びかけた。

「なんで貧乏揺すりなんぞしている」

わたしはピエロに視線を向け、体中の血が冷えていくのを覚えた。

こいつ、震えていやがる。

「それにお前、少し縮んだか？」

長田はゾンビのマスクに手をかけると、取り去った。

クルーカット。笑ったところを想像できない厳つい痘痕面。声のイメージを寸分も裏切らない顔が現れた。顔があらわになった分、目に迫力が増したようだった。

「桜田、お前、なんか様子がおかしくねえか」

聞く者を圧するような低い声だった。

「いえ、なにも」

睦見がなんとか上げた声は震えている。

「マスク、取ってみろ」

「…………」

「聞こえねえのか。マスク取ってみろと言ってるんだ」

瘧《おこり》にかかったように、睦見は震え出した。

──心を折られた者は、屈服する。長田に対する恐怖を本能に刻みつける。

地下室で過ぎった危惧が、今まさしく睦見を苛んでいる。

なんとか桜田に化けたものの、いざ長田の声を聞いていくうちに身が竦んだ。さらには声のみならず顔を見たことで……。

両隣で金主がのそりと腰を上げた。おのおのマスクを取った。樋口。江崎。あらわになった素顔で、睦見を睨みすえる。

「桜田っ！」

長田が吠えた。雷のように激しい怒声が睦見を打った。

「すんませんっ代表っ！」

睦見はマスクを脱ぎ捨て、その場に土下座した。

「この女が桜田さんの首を絞めて縛ってわたしは逃げたくないいやだと言ったんですがいうことをきかず──！」

頭を床に擦りつけ泣き叫んだ。

わたしは壁に突進した。

ライトのスイッチを叩いた。部屋が暗くなる。残った明るみは間接照明と薪ストーブ。壁伝いに駆けた。奥のドア近くに設置された消火器を抱えた。

薪ストーブになにかあった際の防火装置。家庭のキッチンにある消火器より大型でずしりと重い。

ノズルを握りレバーを押した。

ソファーから立ち上がった長田たちへ噴射した。

夥《おびただ》しい白煙が立ち昇った。

男たちは顔を背け口々に罵声を上げた。わたしは動きながらノズルを振り続ける。白い闇に突然、ぼんやりしたシルエットが湧いた。

反射的に消火器を振り回した。

重い手応えが返った。

潰れたような悲鳴を聞いた。

レバーを握ったままさらに振り回した。持ち手をなくしたノズルが暴れ、消火剤を吐き続ける。

タックルがきた。

膝を突き上げたが勢いのまま持っていかれた。

消火器が手を離れた。

背を床で強打した。息がつまる。腹に密着した頭を抱えて耳を引っ張った。

甲高い悲鳴が上がった。容赦はしない。体を入れ換えて馬乗りになった。拳で顔を連打した。一気に十数発。拳が血に染まる。向こうの血と割れた拳の血。

視界の隅に脚が見えた。探るように近づく脚にスライディングした。向こうずねを蹴りつけた。影は転倒した。

転がって離れ、一瞬、考えた。

出口はどっちだ。

自分の動きを頭のなかで巻き戻す。

こっち！

駆けた。

「待てこのっ！」

すぐ後ろで重い罵声が上がり後ろ襟を摑まれた。すごい力で引っ張られた。太い腕が巻きついた。首を絞められた。腕を引っ掻いた。腕は緩まない。引っ掻く、引っ掻く。首が絞まっていく。引っ掻く。絞まる。

空気を求めて喉が鳴った。肺が悲鳴を上げる。白い闇が冥さを増していく。

腕から、力が抜けていく。

力が入らない。

すぐ向こうに扉が。

外に向かう扉が。

その扉が、遠い……。

遠い扉が、開いた。

傾《なだ》れ込んだ複数の影を見た。

4

黒いコートを着せかけられた。

背にPOLICEと白抜きの文字。センスのほどはともかく、暖かい。

「その手、病院に行く？」

黒原澪が、わたしを覗き込んだ。どうしてフリーライターが、こんなところにいる？　身につけているのは黒い戦闘服。どうしてフリーライターが、そんなものを着ている？

問うのも面倒だった。

つまり、そういうことだ。

返事の代わりにわたしは、首を横に振った。

「あれだけタコ殴りしたから、化膿するかもよ」

応急処置を受け両手に巻いた包帯に、血が滲んでいる。拳は、ズタズタに裂けていた。

「唾つけときゃ治る」

そうは思ってもいないが、この女の世話にはなりたくない。

「あんたって凶暴ね。あの男、鼻は潰れて歯も半分くらい折れたり欠けたりしていた。頬骨も眼底も多分骨折。あと、左耳も千切れかけてブラブラよ」

わたしにタックルしてきたのは、金主のひとり樋口。怪我の具合は黒原の言う通り。出口近くでわたしの首を絞めたのが長田。こちらは黒原たちに制圧された。もうひとりの金主、江崎という奴はわたしの振り回した消火器がクリーンヒットして、だらしなく気を失った。長田と江崎は警察車両でひと足早く搬送された。地下室で発見された桜田と重傷の樋口は病院送り。

「さあ、行くわよ」

黒原が貸そうとした手を無視して、立ち上がった。それだけの動作が、とてつもなく辛い。建物の外に出て顔を上げると、両側を警官に挟まれた睦見が、わたしの前を力なく歩いている。深い林はすっかり闇に沈んでいた。無数のパトライトが闇を怪しく掻き回している。山荘を離れて少し歩くと、パトカーがずらりと路に停まっているのが見えた。人里離れたところのはずが、かなりの野次馬の姿があった。規制線の外から、物珍しげな視線をこちらに向けている。スマホを構える者を警官が制し、揉めている姿もある。

睦見に、並んだ。

「とりあえず、助かったわね」

睦見は俯いたまま、答えない。肩を落とし、呆けたように口を開いている。

道路に向かう緩い坂を上がっていく途中、睦見がふいに足を止めた。

彼を見た。

怪訝そうに一点を見ている。

視線を追った。

野次馬の姿がある。でもそれが？
すっ、
と動き、後方に紛れた影があった。動いたことでかえって、目に留まった。
えっ……。
今のは、松井？　どうして彼が？
睦見を見た。
彼はまだ一点を凝視していた。

睦見は救急車に乗り込んだ。

「あなたはこっちよ」

運送業者の名が入った六トントラックに、黒原はわたしを誘った。

リアドアを開けると、なんの色気もなくだだっ広い荷台だった。ただ、暖房は効いている。

天井には薄暗いものの明かりがある。乗り込んだところでコートの返却を求められた。

「一応関係者用なの。ださいデザインだから欲しくもないでしょ」

コートを脱ぎ、黒原に渡した。黒原は、トラックまでついてきた男にコートを託し、自分も荷台に乗り込んだ。リアドアが閉められ、しばらくすると荷台が揺れ始めた。

床に座り込んで、今し方見たものを考えた。今まで自分が見ていた風景に、ほつれが生じたようだった。ただのほつれなのか。それとも……。

だめだ。うまく頭が回ってくれない。

「近所まで送ってあげるわね」

聞こえた言葉に、黒原を仰ぎ見た。

「取り調べは？」

「戻るあいだにここで」

だが、調書を取る者はいない。

「なにがフリーライターよ。あなたがムゴーのシスだったのね。長田たちが盛んに気にしていたわよ」

睨みあげると、黒原は肩を竦めた。

「どういう組織なの」

それには答えず、黒原は荷台の隅に置いたボックスを手に、わたしのところまでやってきた。不規則に揺れるトラックのなか、まったくふらつく様子がない。

ボックスをわたしの傍に置いた。

「あなたの着替えその他一式。ラブホテルから回収してきてあげた」

なかには丁寧に畳んだ衣服があった。コート、スーツ、靴、その他すべてに見覚えがあった。

それで松井は、あそこにやってこられたのか。納得と、それでもまだ拭えない違和感が残る。

「あなたたち、わたしをずっとつけていたわけ？」

「つけたり、見失ったりね。ただ、先週の数日間は完全にロスト。あの時だけは、どこにいるのかまったく分からなかった」

これは、わたしがホテルを転々としていた頃だ。

「でも、あなたがメゾン・ヒラタに戻ってきてからは、ずっとね」

「ラブホテルに連れ込まれた時にも？」

わたしの服を回収したからには、そういうことだろう。

「部下が尾行していた。ラブホテルの駐車場で、あなたを乗せてきた車と、あなたを引き取りにやってきた車、両方に発信器を取りつけて、彼はあなたのほうを追った。苦労したようね。あなたを乗せた奴、途中で車を替えるわ、いきなり停車して尾行を確かめるわ」

車の通りなど滅多にないところで、通常の尾行では怪しまれる。合流した電動バイクが追い、なんとか聖地を突き止めるに至った。連絡を受けて黒原たちが囲み、騒ぎが始まった時点で突入を決断した。

「わたしを大久保から連れ去った男のほうは？　イノマタという名前の奴だけれど」

「そっちは車を乗り捨てて、どこかに消えたわ」

イノマタが大久保グループの残党であること、奴がジョニーを脅していたこと、そして奴の住まいを教えた。

「あと、嬉しそうに銃を見せびらかしていた。多分54式だった」

黒原の顔が険しくなった。

黒原はすぐさま電話で指示を与え始めた。そのあいだにわたしは着替えを始めた。

スニーカーを、それからスエットの上下を脱いだ。下着をつけ――、いつの間にか電話を終えた黒原が、わたしを見ている。

睨みつけてやったが、眉ひとつ動かさない。

「なに見てんの」

「なかなか、いい体だな、と思って。でも、素人以上プロ以下のレベルかな」

うるさい。

「わたしのような民間人をつけ回して、あんたたちの目的はなんだったの」

ジャケットを羽織りながら訊いた。

「オレオレ詐欺の巨大組織をトップを含め一網打尽にする。そうすれば、好き勝手にやっている同業の連中も次は自分の番かと震え上がる。それが特殊詐欺の抑止力になる――。といいんだけれどね」

「どうして、わたしだったの？」

座り込み、靴を手にした。そっと、踵を探る。念のため……。

「あなたが大久保の組織を潰したから」

「わたし、そんなことをしたんだ」

靴を、履いた。

「身に覚えがない？　不思議ね。十一月五日、倉田ビルのオレオレグループを警察にたれ込んだ女と、カフェで録音したあなたの声、声紋が一致したんだけれど」

この女、そのためにわたしをカフェに誘ったのか。

コートを羽織り、ボタンのひとつに触れた。こちらも念のため……。

「まだなにか知っているかと、泳がせたの。いい泳ぎっぷりだったわ。あの山荘には奴らの計画書をはじめとする資料が揃っていた。ちらりと見ただけだけど、捜査第二課にとっては宝の山。まあ、脇の甘い連中ではないようで、イニシャルで記された部分が多かったようだけれど、いずれ全容が解明されていくと思う、いや願う。そこは所轄と本庁の頑張り次第ということで、まずは一件落着」

一件落着。

黒原はそうかもしれない。でもわたしには、多分積み残したものがある。

「分かっていると思うけど、今回のことはくれぐれも内緒ね」

「知ったことじゃない」

「あら、そんな憎まれ口、叩いていいのかな。あなただって、いろいろウラのある女でしょ。それなりに訓練と経験を積んできたことは分かるわ。雑だけれど」

「ふざけるな、なにが雑だ」

わたしはカッとなって、本気で嚙みついた。

「いろいろ見ていたし、調べたのよ。今後、あなたが万一にも変な動きをしたら、わたしたちもそれを使わなきゃいけなくなる」

わざわざトラックに乗り込み、本当に言いたかったのは、ここなのだろう。

「なにそれ。脅迫？」

「もう。どうしてバディを脅迫しなくちゃいけないの。あなたはわたしたちに言われて動いていたわけではない。でも、最後には助けてあげたでしょ。そういうところは素直に感謝してよ。肩肘張らないで、お互い辛い思いをしないようにしましょう、というお話。もっとも、今日で黒原澪は消える。あなたに教えた番号も繋がらなくなる」

つまりわたしに示した情報は、すべてフェイクだった。

「こっちももう会いたくない。でも冷静に見て、わたしのほうがあなたに貸しが多い気がする。消える前に、貸し借りをチャラにして欲しいんだけれど」

「じゃあ、これ上げるわ」

黒原が手にしたものに、首を横に振った。

「欲しいものがあるの」

黒原が首をかしげた時、トラックの揺れが小さくなり、停止した。

黒原はスマホを耳にあてた。

「なにかあった？」

険しい声で訊き、一転して声が裏返った。

「あー、気が利く。だからあなたのこと、大好きよ」

スマホを戦闘服のポケットにしまうと、「パーキングエリアだって。トイレ休憩、どう？」と顔を向けた。

「行くわ。ひとりで、落ち着いてしたいから」

どういうことと、黒原が眉をひそめる。

こっちの話。

呟き、トラックの後部に向かった。黒原も歩き出し、リアドアの前に並んで立った。

「あなた、その格好で手洗いにいくの？」

ヘルメット、ボディアーマーといった装備こそないが、それでもバリバリの戦闘服姿だ。

「まあ、コスプレということで。わたしって見ての通り淑女でしょ。あなたの前でストリップの真似なんか恥ずかしくて恥ずかしくて」

この野郎。

リアドアのかんぬきが外れる音がした。

ドアを開けた男も、黒原と同じような服を着ている。

「すっきりしたあと、さっきのチャラの話聞いてあげるから。ごくろうさん」

最初のほうはわたしに、最後のほうは男に告げ、黒原は荷台から身軽に飛び降りた。

ドアを開けた男がわたしに手を差し伸べる。

いらない、と顔を見て、
えっ？

電車男が、笑みを浮かべていた。

十一章

1

聖地の一件から、三日。

寒々とした街並みが広がる、静かな午後。

はるか遠くに高層ビル群、間近に品川の埠頭。

北品川、昭和初期にタイムスリップしたような古びたビルの屋上。

わたしの両手には、ボクサーのバンデージのような包帯が巻かれている。骨に異常はないが、拳はひどい裂傷を負っていた。化膿止めの注射を打たれ、今も抗生物質を飲んでいる。

もっとも、この程度ですんだのは奇跡に近い。下手をすれば、今、こうしてここにはいない。

イノマタとババ、猪俣、馬場と書くそうだが、あの二人はまだ捕まっていない。浅草橋のマンションにも戻っていない。どこかにひそんだか。海外にでも逃げたか。ほかにも絡んでいた組織があり、消され、あいつも八万人の一人になったのか。

もっとも、後ろ盾を失った奴らの消息など些細なこと。

わたしは、自分がなにに巻き込まれたのか考え続けた。情報も取った。

ある推測に、至った。

どうするべきか。それも、決めた。

後味の悪い人生は、もうたくさんだ。

清算と、贖《あがな》い。

結局、それがいちばん楽になれる。


背で、扉の開く鈍い音を聞いた。

革のコートに黒いストレートパンツ。松井が、立っていた。

わたしを認め、ほっとしたように息を吐くと、彼はコートに手を突っ込んだまま小走りで近づいた。

「よかった、無事で」

その声にわたしは、うっすらと微笑んでみせた。

「電話も繋がらないし、気を揉んでいたんですよ」

スマホは桜田に破壊された。松井が何度電話しても繋がるはずがない。昨日、公衆電話から彼に連絡を入れた。

「声を聞いても、実際に顔を見るまでは心配で……」

手の包帯に視線を置いて、眉をひそめた。

「大丈夫。骨に異常はない」

松井はほっと息を吐いた。

「なんの役にも立てず、すいませんでした」

彼のせいではない。身につけていたものすべてを脱がされた時点で、服と靴に仕込んだGPSと盗聴器は役に立たなくなり、あの作戦は潰《つい》えた。

「もう、どうしようかと。仕事なんか全然手につかなくて。昨日、電話をいただいた時には、全身の力が抜けていくようでした」

言葉だけでなく、松井の目は少し潤んでいるようだった。

「結局、詐欺グループは捕まったんですね」

昨日警視庁は、限定した事実を世間に公表した。オレオレ詐欺グループ巨大組織の幹部を逮捕。そこにはわたしの存在も、ムゴーとやらの影もない。

「姉さんの武勇伝、聞かせてくださいよ」

あの日の経緯を聞きたい。彼は昨日の電話でわたしの無事を確かめたあと、そう求めてきた。わたしは応じ、この屋上を指定した。

「聞きたかった？　心配だものね」

冬の風を感じながらそう言うと、松井はわたしの言葉を考えるような顔をした。

「なにが起きていたか分からないと、この先心配よね」

「ええ、まあ……」

その顔のまま、曖昧な返事をする。

「でもその前に、まず違う話をしようかと思って」

コートのポケットから、コンビニの袋を出した。なかには缶コーヒーが二本。まだ少し温かさが残る缶を、一本、彼に差し出した。ポケットから出して受け取った手には、雪江のリング、、、、がある。

「今日、してきたんだ」

「ええ。ここにくる時には必ずつけることにしていますから」

「本当はどこかのお店がいいんだろうけれど、誰にも聞かれたくなかったの」

プルトップを、引き開けた。

「あと、ここなら、雪江も聞いてくれているのかなって」

松井のリングに目を置いたまま、わたしは告げた。

「あの娘には、悪いことをしたと思っている――」

わたしはその言葉から、誰にも語ったことのない過去の扉を開けていった。

わたしが辿った人生。原田との出会い。雪江との再会。愛。そして、別れ……。

「あの娘はボスの計略に嵌まり、青酸カリを飲まされた。そして、あそこで倒れ、人生を終えた。それが、わたしと彼女にあった、すべて」

わたしは語り終え、松井は沈黙した。コーヒーの缶を握りしめる彼の手が、白い。

「どうして、その話をボクに……」

やがて発した言葉は、本当にそう思ったのか、沈黙を埋めるだけのものだったのか。

ただ、いい問いかけだった。

「すべてをきれいにしようと思ったの。フェアに」

わたしの言葉を読み取れず、彼の目が泳ぐ。

「つまり今度は、あなたの番」

わたしは、彼に手を向けた。

「ボクの？」

「そう。あなたの正体」

「どういうことですか」少し考えてから、彼は首をかしげた。

「あの日、本当はあなた現場にきていたんでしょ？　野次馬に紛れて様子をうかがっていた」

救急車に乗り込む前、睦見は突然立ち止まり、不思議そうに一点を凝視していた。

「なんだろうと視線を巡らせた時――」

ほんの一瞬、野次馬のなかに身を隠す影、松井によく似た姿を見た。

「ＧＰＳを仕込んだ服は警察が回収して、あの現場まで運ばれていた。いったんはわたしを見失ったあなただったけれど、再び動き出したＧＰＳを追って、あそこへやってきた」

松井は、眉間にしわを寄せた。

「姉さんはボクのことを考えていて、似た背格好の男がそう映ったんじゃないですか。万一ボクがいたとして、どうして隠れなきゃならないんです」

「わたしからじゃない。睦見よ。あなたと睦見は顔見知りだった。睦見は、詐欺のレク屋。あなたは詐欺の店長」

できれば、当の睦見から確認を取りたかった。だが彼は、まともな受け答えができる状態ではないらしい。彼が長田から受けた恐怖は、そこまでのものだったのだ。したがって、すべてを自分で組み立てるしかなかった。


盗聴した猪俣の会話で、分からなかったことがある。わたしを拉致するよう猪俣に命じていたのは誰なのか。名前は出てこなかったが、ヒントはあった。

――店長って沼井さんの先輩でしたよね。

電話の相手は詐欺の店長格で、捕まった沼井の先輩だった。

「施設に連絡して確かめた。あなたのすぐ下に、警察に逮捕された大久保の店長とまったく同じ名前、沼井次郎がいた」

会話で、引っかかりを覚えた部分もあった。

――なんであの女に甘い顔して、手心加えるんすか。

甘い顔をする。

おかしな言い回しをする奴だと思っていた。でも今は、理解できる。

渋谷のスペイン料理店。猪俣は、わたしと松井が談笑する様子を見ている。大事な店を潰した女を相手に、にこやかに振る舞う松井店長を。その時に覚えた不満が、ああいう言いかたに繋がったのだ。

どうして猪俣があの場に姿を見せたのか。あの日、尾行には最大限の注意を払っていた。ただ、わたしが察知できない尾行術を持つ電車男が秘かにつけ、猪俣に居場所を囁いたならありえる話か。そんなふうに片づけていた。

だが、聖地から都内に戻るトラック。リアドアを開けて手を差し伸べたのは、電車男だった。電車男は猪俣の仲間ではなく、黒原の部下だった。彼はずっとわたしをつけ、ときに実力を測るため、わざと見つかりやすいように振る舞った。いずれにしろ、電車男と猪俣は関係ない。

電車男を黒原サイドに位置づけると、どうして猪俣があそこにいたのか、という疑問が改めて舞い戻る。

簡単な話だ。教えた者がいた。

「あなたは猪俣に、大久保支店を潰した女が本当にわたしなのか、あそこで面通しをさせた。同時にあなたは、わたしの反応を見た。つまり、ダブルチェック。思えばあなたはあの時、わたしが外を見るように会話をリードした。その寸前、スマホでやりとりしていた相手は猪俣だったんじゃない？　猪俣は所定の場所についたことをあなたに知らせた。そこであなたはシナリオを進めた。まだある。ホテルのラウンジで協力を仰いだ時、わたしの聖地という言葉に、あなたは顔色を変えた。ヤバそうな響きと取り繕っていたけれど、そうじゃない。あなたは、どうしてわたしがそこまで知っているのかと驚いた」

そのあと猪俣の電話を一度たりとも聞けなかったのは、わたしの盗聴を察知した松井が、なんらかの注意を奴に与えたから。ただこれは根拠に乏しい。証拠としてはパスだ。

さらにもうひとつ。

「猪俣はわたしの名前を知らなかったはず。盗聴した時も、大久保の女、あの女と言っていた。でも拉致の際に宅配業者を騙った猪俣は、わたしの名をフルネームで告げた。これも、教えた人がいる。つまり、すべて積み上げていくと――」

わたしは、松井を指差した。

「いや、ちょっと待ってください。いくらなんでも話が乱暴すぎますよ。その猪俣ってのは、いやレク屋のなんとかって男でもいい、奴らがボクの名前でも言ったんですか」

わたしは、沈黙で応じた。

「そういうことですよね。ボクは誓って、あの現場には行っていませんよ」

「まだシラを切るの？」

「違いますって。それに、もし、もしもですよ、ボクがその店長だとしましょう。どうして自分の組織を潰すようなあなたの話に加担するんです。動機はなんですか」

動機……？

「そう。動機ですよ。ボクが万一店長だったら、組織が潰れたら困るはずだ。どうして自分で自分の首を絞める必要があるんです。理屈にあわないじゃないですか。姉さんはボクが役立たずだったので疑心暗鬼になっているのかもしれないけれど……、勘ぐりすぎですよ」

少しのあいだ、わたしは沈黙した。

「今の言葉って、信じていいの？」

「もちろんです」

「じゃあ、あれはわたしの見間違いということ？」

松井は、睨みつけるわたしにも揺るがず、頷いた。

「嘘はないの？」

「ありません」

彼は、正面からわたしを見つめる。

わたしは息を吐いて、肩の力を抜いた。

「じつはね、あなたの口から、その言葉が聞きたかったんだ」

彼はおとなしく引いたわたしに少し戸惑ったようだが、そのなかから安堵の表情を浮かべかけた。

でも、そういうことじゃない。

真新しいスマホを、彼に示した。

画面に、一枚の写真。

夜。数十人の野次馬。そのなかに、はっきりと松井の横顔が映っている。右下には日づけとタイムコード。ちょうどわたしが山荘から出てきた時刻だ。

「警察車両の映像に、これが映っていた。これはキャプチャーしたものだけれど、ビデオのほうもある」

そちらには、野次馬の後方に隠れる松井の姿、数十秒後に救急車のほうに歩いていく睦見が、ノーカットで映っている。

「いい？　あなたは、あの現場に——、いたの」

2

松井はしばらく険しい顔をしていたが、やがて観念したように両手を挙げた。

「参ったな」

「あなたは、嘘を吐いている。あれも、これも、すべてが嘘」

「さすが雪江先輩が愛した人だ。降参です」

「ただ分からなかったのは動機。あなたは今回、なにを企んでいたの？」

「多分、姉さんが想像するとおりですよ」

「あなたの口から聞かせて。そもそも施設でわたしに近づいたのは、わたしが大久保文店を潰したから？　あの日あそこで会ったのは、偶然ではなかったのね」

「たしかに偶然ではありません。ただ、雪江先輩の遺体の引き取り手が西澤奈美ではないかと考え、あなたがくる日を施設の職員にそっと耳打ちしてもらった。それだけでした」

松井は思い出したようにコーヒーのプルトップを開け、ひと口飲み、喉を湿らせた。

「だから、大久保の店を潰したのがあなただと猪俣から聞かされた時には随分と驚き、でも同時に納得も。あなたなら、ありえそうなことだと。あなたのことは調べました。さっき語ってくださった仕事についてはなにも分からなかったけれど、たとえば、足繁くＬＩＬＹ＆ＣＡＴという店に通っていること、お気に入りの女に自分をユキエと呼ばせていること」

松井に静かな怒気がこもり、これにはわたしも、自分の恥部を突きつけられたようで息を呑んだ。

同時に項に、悪寒が蘇った。

——あんた、男じゃなくて女が好きなんだって？

——知ってんだよ。池袋の女エステで、いいことしてんだろう？

わたしを甚振《いたぶ》りながら、猪俣はそう嗤っていた。

「猪俣に調べさせたの？」

「あいつにそんな真似はできませんよ。興信所を使ったんです。いやそれだってそもそもは、雪江先輩の死に、なんらかの形で姉さんが絡んでいるのではないかと疑ったからです。きっかけは、あなたが雪江先輩の保証人だったことを知り、連絡を取るために施設で教えてもらった電話番号でした。かけてみたが、使われていない。機種変更なら新規番号案内のアナウンスがあってもよさそうなところが、それもない。まあ、たかが携帯の番号。でもタイミングからして、まるで自分の痕跡を消そうとしているようじゃないですか。その違和感は施設であなたに会い、萎《しぼ》むどころか大きくなった。そこで、築地で会った時から、興信所にあなたをつけさせた。記憶にはないでしょうけれど、ボクたちが隅田川の遊歩道にいた時、少し離れたところに男性が二人、佇んでいたはずです」

覚えがあった。川にスマホを向ける男の二人連れ。

「彼らが突き止めたんです。池袋のカフェで仲睦まじく過ごし、地下街でキスを交わすあなたのことも」

「わたしが猪俣を盗聴していたことは？」

「姉さんから相談を受けるまでは知りませんでした。さすがですね。しかも、長田を逮捕に追い込む段取りまで用意してくれた。ボクはただ、姉さんのシナリオに乗ったんですよ」

「嘘ばっかり。長田にわたしを売ったのは、ほかならぬあなたじゃない。ただ、長田にわたしの名前を伝えなかった理由が、今も分からない」

「リスク排除ですよ。長田が予めあなたの名を知ったなら、絶対に身許を探ろうとする。あの人の記憶力と勘の良さは怖いほどです。施設を探り当てられたら最後、あの人のなかで、ボクとあなたの関係が繋がる。そうしたら、あらぬ疑いがボクにかかる」

たしかに長田はジョニーの逮捕から、睦見が関わっていることをいち早く見抜いていた。

「そういうことなら、猪俣に西澤奈美の名前を教えたのはうかつだったんじゃない？」

「いえ、考えたうえのことです。あの日、宅配業者を装いあなたに扉を開かせるのに、名前は必要なアイテムだと考えました。それに猪俣ごときが長田に会えるはずもない。つまり猪俣から長田にあなたの本当の名前が漏れることはまずない。もし当日、猪俣から桜田、そして長田へと名前が流れたところで、その時にはすでにゲームは始まっています」

「もしかしてあなたは長田にわたしを始末させてから警察に密告し、逮捕させるつもりだった？」

「なるほど。で、動機はなんです？」

「まさか指を折られたこと？　さすがにそんなんじゃないわよね」

松井は少し驚いた顔をした。

「長田は十代の頃にヤクザと揉めて、落とし前として小指をつめさせられたらしいわね。長田はその時、恐怖を学んだ。それからというもの、気に染まないことがあると、じわじわと時間をかけて相手の指を折るようになった。これは、レク屋の睦見から聞いた。実際、睦見も指を二本折られていた。あなたのそれ、本当は長田にやられたんじゃない？」

「よく、ボクの指と長田が繋がったものだ。素晴らしい。ただ、そんなちっぽけな復讐じゃない。ボクは、長田から自由になりたかったんです。いつか言いませんでしたっけ。ボクが目指すのは一国一城の主。でも長田の目の黒いうちは、どうあがいても使われるだけだ。そこにたまたまあなたが現れ、いろいろと掻き回してくれた。そこでシナリオを作ったんです。シナリオA。あなたの活躍で警察が長田を逮捕する。シナリオB。あなたが長田に殺される。そうなったら彼らを警察にリークする。ＡＢいずれにしても長田と金主がまとめて逮捕されれば、組織はバラバラになる。足を洗える。いや、混乱に乗じてボクが長田の立場に収まれるなら、それでもいい」

「わたしが作戦を持ちかけた時、懸命に止めたのはどうして？」

「だってあなたは、止めれば止めるほど突き進む人じゃないですか」

松井は得意げに笑った。

「ただ失敗は、あの日、流れからして、きっとシナリオＢになると考えたことです。長田を警察にリークするには、どうしても現場となる聖地の場所を知る必要があった。理由は分からないが再び動き出したＧＰＳを追った。でもそこで見たのは夥しい警察車両だった。なにがなんだか分からず、野次馬に紛れた。そうしたら長田たちが連行されていった。この時点で、シナリオはＡに確定した。引き返せばよかったんだ。でも、心配だったんですよ。あなたがどうなったか」

「心配じゃなくて、好奇心に負けただけでしょ」

「まあ、半分は。でも半分は、本当に姉さんが心配だった」

「嘘ばっかり」

吐き捨てると、松井は少し哀しげな顔をしてみせた。でも、騙されない。

「あなた、そもそもどうして詐欺なんかに手を染めたの？」

「仕方がなかったんですよ」

子供の言い訳のように口にしたあと、わたしの表情を読んで、続けた。

「このあいだお話ししたように、ボクは施設を出て、食品問屋に就職しました。ただあれは、表向きに用意したストーリー。実際は冷たかったですよ、世間は。社長はワンマンで、気にいらないとすぐに怒鳴り散らす。親父から会社を継いだ二代目というだけで、なんの取柄もない。安月給で夜遅くまで当たり前のように働かされ、残業代も出ない。勤めていたのも、他にどこも行き場のないような者たち。分かりますでしょ？　子供染みたイジメと、足の引っ張りあいの世界です。こんなところにいたら一生、こんなレベルの連中と一緒だ。そのうち自分も同じレベルに染まって、抜け出せずに終わってしまう。退職を決めた時には社長に罵倒され脅迫に近いことも言われ、最後の月の給料は踏み倒され――」

パチンコ店に住み込みで働き、図書館で借りた本を頼りに、寝る間も惜しんで勉強に打ち込んだ。

「改めて、名の知れた企業へ就職を試みたんです。でも、あの頃は未熟なばかりか、本当に世間知らずだった」

松井は、自嘲を浮かべた。

「大学卒業という学歴がないと、望むような就職など叶わない。ならば、今まで稼いだ金で通信制の大学で学ぼうと慌てて方向転換を考え、でもそんな時にリーマンショックですよ」

じつは松井は、リーマンショック後ではなくそれ以前に、株に投資していた。

「所有していた株の価値は暴落して、大学への道も諦めるしかなかった。また二年三年コツコツと金を貯めなおして通信制大学で学んだとして、卒業という切符を手に入れる時には三十歳間近。いい就職先なんてあるはずもない。体中の力が抜けました。暗闇に蹲るような絶望のなか、ようやくのこと悟ったんです。人生という名のレースは、世間に出るスタート時からすでに結果が出ていたんだと。いや、ボクはレースに参加すらできなかったんだと」

松井の怒りに、哀しげな声音が混じった。

「そんな時に、パチンコ店でたまに見かける客が声をかけてきた。打つよりも台を眺めている時間が多いような人で、不思議に思っていたんですが、のちに分かりました。その客は、オレオレ詐欺の受け子を物色していた。負けが込んでいるギャンブル中毒の客に、いい仕事があると声をかけて、手先として使っていたんです」

「それで受け子をやったの？」

「そんな下流な仕事を、ボクがやるはずがないでしょう。かけ子です」

時折会話を交わしていたその客は、松井が持つ資質と、彼が抱く世間への不満を見抜いていた。

「じゃあ、起業したお金は株の利益じゃなくて……」

「かけ子の報酬として得たものです。その金を元手に、事業に乗り出しました。今さら大学を出たところでという思いもあったし、逆に施設出身の高卒という境遇を売りにしてやれと」

「施設で会った日に語っていた、しなくていい苦労、知らなくていい哀しみを減らしたいという言葉は嘘だったの？」

「嘘じゃない。もちろん、そういう気持ちは持っている。あれだってボクの一面です。姉さん、人の顔はひとつじゃないんだ。それに、そういう善行は、いずれ世間に向けボクという人間のアピールになる。いいブーメランとなってボクに戻ってくる」

松井は、わたしの表情を読んで続けた。

「いずれにしてもオレオレは、ボクがのし上がっていく第一ステップとしての手段でしかなかったんです。誤算は、組織の店長まで上りつめてしまったために、足を洗えなくなったこと。そこにちょうど姉さん、あなたが現れてくれた。そういうことです」

松井は薬指からリングを抜き、わたしに示した。そもそもは雪江へのプロポーズのために用意したと語っていた指輪だ。

「五、六百万円ほどの価値はあります。お詫び料、無事に長田から離れられることへのお礼。それから、雪江先輩に免じて、やんちゃな弟を赦していただけたらと」

松井は、リングを差し出した。

「いらない。そういう償いじゃなくていい」

「じゃあ、どういう償いを?」

「警察よ」

「冗談を。警察にはなにも喋りませんよ。それに、証拠はなにもないんだ」

「聖地には、かなりの資料があったようよ。そこからあなたの足はつくはず」

すると松井は自信たっぷりに、首を横に振った。

「そこは織り込みずみです。長田の脇は、甘くはありません。肝心なところはすべてイニシャル。スマホにも重要な電話番号はない。すべては彼の頭のなか。そういう男です。ボクもそうやってさんざん仕込まれてきました。それにあの人は、死んでも警察には歌いませんよ。警察の頭脳では多分、長田を追い込めない。それを見越して、ボクに火の粉が降りかからない範囲でいくつかリークネタを用意しているくらいです」

「ある意味、長田を信頼してるのね」

「たしかにこの指は、長田に折られました。表の仕事がなんとか軌道に乗り始め、雪江先輩へのプロポーズを考え始め、そのためにもきれいになっておこうと思った頃です。足を洗いたいと言ったら指を摑まれ、今のは言い間違いだろう？　抜けるなら俺の前に一億円を積んでそのうえにこの指を乗せろと。そんな野蛮な男ですが、ボクの師であることは事実です。信頼はしています」

「警察に売りながら信頼？　おかしなことを言うわね」

「あなたと同じですよ」

松井は、突きつけるように告げた。

「あなたは、ボスとやらを死に至らしめた。ボクも、ボスを売った」

あたりの空気が、急に冷えたようだった。

「気に病む必要はない。どちらもいわば親殺し。つまり、子が親を越えていくための通過儀礼なんです」

原田に死を突きつけた時、彼が口にした言葉が脳裏を過ぎった。

――お前らしい、守、破、離か。

守破離。弟子はいつか師に追いつき、追い越し、離れていく。

「善も悪もない。これは必然なんだ。ボクたちのような者が通らざるを得ない道なんです」

松井は同意を促すような目で、わたしを見た。

「じつは……、会うたびにボクは、あなたに引かれるようになりました。ただ、雪江先輩とは異なる引かれかただった。雪江先輩は愛の対象。あなたは――、まさしく姉だった。そんな自分を不思議に思っていたんだけれど、やっと今日分かりましたよ。ボクたちは同類なんだ。ボクは弟で、あなたは姉なんです」

「違う。わたしは、弱い者からは奪わない」

「でも、汚れているのは一緒です」

松井は突きつけ、挑んだ。

「だってボクらは、嘘を吐き、人を騙し、世間を欺き、生きてきたんだ。これからも、そうやって生きていくしかない。どうです。ようやく出会えた姉弟《きょうだい》、今までのことは水に流して、手を携えてやっていきませんか」

「それよりいっそ、姉弟できれいになるのはどう？」

松井が、首をかしげた。

「どうしてわたしが警察車両の映像を持っているか、不思議に思わなかった？　わたしが聖地を離れてから再びＧＰＳが不通になった時、なにも思わなかった？　あの日、聖地を離れながら、念のため、ＧＰＳは壊したの。すべての疑いを整理する前に、あなたがわたしの許に現れないように。ただ、盗聴器はまだ生きている。今の話は全部、警察が聞いている」

松井が、目を剝いた。驚きと、狼狽《ろうばい》と、恐怖がない交ぜになった顔で、わたしを凝視する。

「なんで、そんなことを」

声が、嗄れた。

「あなたもわたしも、きれいになるべきだと思った。そして、やり直すの。だって、雪江が見ている……」

屋上に通じる扉が開いた。

黒原がやってきたのかと視線を向け、

「松井っ！」

男の雄叫《おたけ》びを聞いた。

3

聞き覚えのある声。

猪俣？

どうしてここに？

猪俣は銃を構えながらこちらに近づき、甲高い声でなにやらを叫んだ。

松井がわたしのほうに動きかけた。

乾いた銃声が生じ、松井の服が爆ぜた。

銃声はさらに二度続き、そのたびに松井は揺れ、力なく崩れていく。

胸に衝撃がきた。

撃たれた。

そう理解した時、さらに脇腹に、腹に、被弾した。

目の前が、暗くなった。


胸に重い圧迫が生じた。かすかに、意識が戻る。

「てめえら舐めやがって！　やっぱりグルで、組織をめちゃめちゃにしやがったんだな！」

目を、開けた。血走った目の猪俣がわたしの胸を踏みつけ、銃を向けている。

「まだくたばってねえのか。てめえ化物か！」

声が、歓喜と興奮に震えている。

跪き、銃をわたしの頭に押しつけた。

「頭飛ばされりゃあ、くたばるだろう。怖いか、怖いか、おら命乞いしてみろコラ！」

バンッ！

扉が鳴った。

猪俣の気が、逸れた。
手を払った。猪俣から銃が飛んだ。取り押さえようとして――、痛みに胸を押さえた。
猪俣が銃に駆け寄る。
猪俣に向かう足音がある。
電車男だった。
電車男は猪俣を軽々と制圧し、床面に抑え込んだ。
わたしは、松井に這った。
彼の服は血に染まり、顔は青白く生気が失せている。
縋《すが》りついた。
目を、開けて。
ねえ、目を開けてよ。
開けなさい……、
この、嘘野郎。
死んだ真似なんか。
誰が、信じるものか。
あんたのことだからさ、
どうせ防弾チョッキでも着ていて、この赤いのは、血糊《ちのり》で……。
血糊で……。

血糊に、触れた。

これは、血じゃない。

血じゃないよね。違うよね……。

ねえ、応えてよ。

ねえ。

心のなかで、弾けたものがあった。

愛だか怒りだか哀しみだかか、自分でも分からない感情が混ざりあったまま一気に広がって、
わたしを吞み込んだ。

「目ェ開けろ！」

揺さぶった。

「お前の罪を贖え！　生きて償え！　楽になるんじゃないっ！」

楽になるんじゃない、ひとりだけ。

あんたまで、
あんたまで、わたしを置いて、
置き去りにして……。

松井は、応えない。

応えてくれない。

肩にかかった手があった。
黒原がわたしを見て、首を横に振った。
「遅《おせ》えんだよ、あんた……」
黒原が、わたしの肩を抱いた。
「ゴメン……」
黒原は、わたしをそっと立たせた。
掌を見た。
掌は血で汚れている。
電車男に制圧された猪俣が、俯せのままこちらを睨んでいる。
奴の銃弾を食らったところが、重い熱の固まりと化している。
歩こうとして、足がもつれた。
「動いちゃダメ」
という黒原の腕を振り払った。
ふらついた。
血にまみれた手を見た。痛みを無視して、拳を握った。
近づいた。
猪俣の顔が、強張った。
倒れ込みながら、殴った。

止めに入った電車男を押しのけ、猪俣を殴りつけた。
殴りつけた。
言葉にならない言葉を吐いた。
なにを叫んでいるのか自分でも分からない。
猪俣が悲鳴を上げている。
血塗れの拳を打ちつけた。
打ちつけた。
体に手がかかる。
邪魔するなっ!
暴れた。
叫んだ。
猪俣に馬乗りになった。
両手で首を絞めた。
猪俣の喉が鳴る。
引き剝がそうとする力に抗った。
離すものか。
後頭部に衝撃がきた。
意識が、飛んだ。

終章

気がついた時には、病室に寝かされていた。

被弾は三発。弾自体は防弾チョッキが食い止めた。衝撃もある程度は吸収したようだが、それでも鉄球をぶつけられたような痛みが襲った。内臓は内出血を起こし、アバラにはヒビも入っていたようだが——、どうということもない。

二泊の入院ののち、品川警察署で聴取を受けた。

すべてが上の空だった。

目の前の刑事がなにか喋っている。言葉が頭に入ってこない。

刑事のため息。

わたしのなかの、ため息。

強いノック音がしてドアが開いた。

「時間よ、もういいでしょう」

言葉とともに現れたのは、紺のスーツ姿の黒原だった。

「しかし」

食ってかかろうとした刑事を、

「文句があるの」

黒原は睨みつけた。刑事はそれ以上なにも言わず、ただ、冷たい目を向けた。

「行くよ」

刑事の目を意にも介さず、黒原はわたしに告げた。


彼女が運転する車に乗った。

街の賑やかな景色が流れていく。

「クリスマスイブだからね」

わたしには縁のない空騒ぎを、黒原は口にした。

「一応、礼を言わないといけないのかな」

我ながら、力ない声だった。

「なんのこと？」

「防弾チョッキ」

猪俣が銃を持っていると聞いた黒原は、あの日、拒否するわたしに無理やり防弾チョッキを押しつけた。

おかげで、わたしはまた、生き残った。

「馬場は猪俣に言われ、松井をつけていたのね。彼があなたと会うところを見て、猪俣に連絡を入れた」

猪俣がやってきた経緯が明らかになっているからには、

「馬場も、すでに逮捕した」

あの日、黒原は電車男とともにＨＩＤＥにひそみ、わたしのマイクから流れる音声を聞いていた。

「まさかあそこに猪俣がやってくるとは。油断していた。あなたには本当にすまないことをした」

わたしは、首を横に振った。

謝られたところで、時は戻らない。

わたしだって、松井を守れなかった。

この二日間、ずっと考え続け、今も分からないことがある。

猪俣が銃を向けたあの時、松井はわたしのほうに動いた。あれは、盾にするつもりだったのか。それとも庇うつもりだったのか。

「どうする、松井の遺体」

「引き取れるの？」

だったら、お寺に預かってもらう。雪江の遺骨と一緒が、彼もいいだろう。

「それより、わたしの取り調べは？」

今年の梅雨の頃、雪江の死の真相を、原田の歪んだ企みを知ったわたしは、彼を糾弾した。

——あなたがいる限り、わたしはすべてを明るみに出します。あなたが本当に、この国の企業を、この国を思っているというのなら、最後にわたしに、昔の原田哲を見せて下さい。

そう、突きつけた。原田は拳銃で自分の頭を撃ち抜き、昔の自分を見せた。わたしの行いは、自殺教唆にあたる。

「なんのこと？」

「わたしと松井の話、聞いてたでしょ」

「それがさあ、あなた、安ものの発信器使ったでしょ。雑音だらけだった。第一あなたはあの日、たまたま屋上に居あわせただけなのよ。松井は松井で一人でいるところを猪俣に撃たれた。猪俣は六発撃ち、三発が被弾。あとの三発は見つからなかった。か弱いあなたはかわいそうに、凄惨な現場を見て卒倒。たまたま下を通りかかったうちの電車男が銃声を聞き、現場にかけつけて猪俣を逮捕した。調書はそうなるわ」

黒原を見た。憎らしいほどの澄まし顔だった。

「警察官のくせに、罪を見過ごすの？」

「とんでもない。その逆。昔、言われたのよ。償いには、裁かれて贖うものと、十字架として背負っていくものがあるのだと」

赤信号で車は停止し、黒原がわたしを見た。

「その選びかたって、分かる？」

やがて信号が青になった。黒原は前を見て、アクセルを踏んだ。

「辛いほうよ。あなたは司法に裁かれたら、それで楽になれると思っている。そうはさせない。あなただって、彼に叫んでいたじゃない。楽になるんじゃないって。松井はそれができなくなってしまった。だからこそ、生き残ったあなたは楽になっちゃいけない。一生背負い、苦しんでいくの。それこそが、あなたの贖罪」

「どこの誰が、あなたにそんなことを教えたの」

「わたしの先輩。その言葉を残して、死んだ……」

台詞の最後のほうは、掠れて消えた。

黒原は、遠くを見ている。冬の街が流れていく。

「いやだいやだ。これから年が変わって、またひとつ歳を取って、生きれば生きるほど背負う荷物は増えていく」

それきり、会話が途切れた。

そもそも、親しく会話を交わす間柄でもない。

「ここで降ろして」

「駅からは遠いところよ」

かまわない。

どこへ歩くかは、自分で決める。

黒原は路肩に車を停め、

「そうそう、これ、今回のあなたの報酬」

差し出したのは、松井の指輪だった。

「いらない」

シートベルトを外した。

「考えなさい。報酬っていろいろ」

その言葉とともに、わたしのポケットにリングを滑り込ませた。

いるいらないのやり取りも面倒で、ドアを開けた。

「奈美」

思わぬ言葉で呼び止められ、わたしは少し驚いて顔を向けた。

黒原が、初めて目にする柔らかな笑みを浮かべていた。

「あなたと、おばちゃんと、コハクに……、メリークリスマス」

無言で車を降りて、ドアを閉めた。

走り去る車を見送った。

どこかで、鈴の音が聞こえる。

メリークリスマス。

呟こうとして、止めた。

＊＊＊＊＊＊＊＊＊＊＊＊

指輪は、五百万円ほどになった。久子の許に、**ごめんなさい**、大和が遺した言葉を記した紙とともに二百五十万円を置いた。

ごめんなさい。

人生の最期に彼が遺した言葉は、久子に向けたものだったと信じてみたかった。

残りは松井淳の名で、すべて施設に寄付をした。

犯罪に手を染めた彼だが、別の顔では自分と同じ生い立ちの子供たちを想っていた。

人の顔は、ひとつではない。その言葉も信じてみよう。

これが、今回のわたしの報酬。

そう、黒原が言ったように、報酬はいろいろ。

手許になにも残らなくても心が頷くならば、それは立派な報酬だ――。

神護かずみ（じんご・かずみ）
1960年、愛知県生まれ。國學院大學卒業。化学品メーカーに三十五年間勤務。1996年、『裏平安霊異記』（神護一美名義）でデビュー。2011年、『人魚呪』で遠野物語100周年文学賞、19年、『ノワールをまとう女』で第65回江戸川乱歩賞を受賞。他の著書に『石燕夜行』（全三巻）がある。

本書は書き下ろしです。

償《つぐな》いの流儀《りゅうぎ》

第一刷発行　二〇二〇年八月二十四日

著者　神護《じんご》かずみ
発行者　渡瀬昌彦
発行所　株式会社　講談社
〒112-8001　東京都文京区音羽二―一二―二一
電話　出版　〇三―五三九五―三五〇五
　　　販売　〇三―五三九五―五八一七
　　　業務　〇三―五三九五―三六一五
本文データ制作　講談社デジタル製作
印刷所　豊国印刷株式会社
製本所　株式会社若林製本工場

定価はカバーに表示してあります。

Printed in Japan　ISBN978-4-06-520397-2
N.D.C. 913　286p　20cm